一碗鱼汤面的幸福

单国友 著

江苏凤凰文艺出版社
JIANGSU PHOENIX LITERATURE AND ART PUBLISHING

图书在版编目（CIP）数据

一碗鱼汤面的幸福 / 单国友著. -- 南京 : 江苏凤凰文艺出版社, 2025.1
ISBN 978-7-5594-7315-8

Ⅰ. ① … Ⅱ. ①单… Ⅲ. ①散文集－中国－当代 Ⅳ. ①I267

中国版本图书馆CIP数据核字(2022)第224201号

一碗鱼汤面的幸福

单国友 著

出 版 人　张在健
责任编辑　李珊珊
责任印制　杨　丹
出版发行　江苏凤凰文艺出版社
　　　　　南京市中央路165号,邮编:210009
网　　址　http://www.jswenyi.com
印　　刷　江苏扬中印刷有限公司
开　　本　880毫米×1230毫米　1/32
印　　张　6.75
字　　数　169千字
版　　次　2025年1月第1版
印　　次　2025年1月第1次印刷
书　　号　ISBN 978-7-5594-7315-8
定　　价　52.00元

目录

第一辑　卑微并崇高着

第二辑　晒幸福

第三辑　善行只是心和手的事

第四辑　此花一开天下暖

第一辑　卑微并崇高着

收荒货的人

“旧书旧报纸卖……”窗外，收荒货的声声叫着。

真烦！或午睡，或静静写作，那叫声总来打扰。况且，家中的报纸杂志，或淘来，或编辑寄来，于我有感情，怎舍得卖？

妻却不这样想。

“到处堆，把家弄得像个狗窝。”她早有图谋，把重复的、积了灰的拿出去卖。

“旧词典、小学生习题集有没有？”收荒货的问，怯怯的。

“收荒货还挑啊？”妻好奇。在楼下与收荒货的对话。

我也好奇，临窗看。

寒风中，收荒货的卑微地立着。一件米色夹克，很旧，但很干净。只是腰间的蓝围裙让人看得出他的身份。他一脸沧桑，过五奔六的样子，但我知道他不过四十来岁，我从农村来，看得出来的。

“孩子上初中，小学的习题集放着也没用，这捆就是。”妻指着脚下道。

“太……谢谢啦！”收荒货的如获至宝，哈腰，解绳，用围裙一角拭书。“《读者》《特别关注》类的杂志有没有？”他又讨好地问。

“这里面应该有的。”妻指另一捆，追问：“干吗一定要那些啊？”

“加些钱，卖给我吧。”收荒货的看看我，似乎知道我的不舍。忙不迭过秤，把书小心地放到三轮车上。

我下楼，问他怎么处理。

“习题集太贵，农家娃不易买，收回去送他们。”收荒货的憨憨一笑，忸怩起来，“不要见笑，《读者》《特别关注》这类书我喜欢，给娃子看，励志呢。”

我转身跑上楼。一遍一遍挑选，找女儿用过的小学生词典、习题集。一遍一遍翻寻，寻那些发表了我的稿件凝聚了我心血情感的杂志。而后楼上楼下地搬——像娶亲的队伍到了门上，新娘子的母亲几多不舍，欲哭，却又高兴地跑上忙下。我知道，这些“嫁”出去的书会孕育出繁花似锦的春天。

“我不会少秤的。”收荒货的灿烂地笑着，笑到额上深深的皱褶里。

“知道，看得出来。”我蹲着分拣，妻帮着往三轮车上装。

“一共 70.4 元，另再加 10 元。”收荒货的数着钱。

我说：“不要钱……”

收荒货的先是愣了一下，而后满面笑容：“怎么能不要钱，无功不受禄，钱一定要给，不然我不能要……”

他坚持着。推让中，我们约了再来。

收荒货的硬丢下 80 元钱，哼着欢快的曲子，应该是《桃花朵朵开》，走了。

歌儿连同那份快乐氤氲开来，在我和妻的心中。

“我在这儿等着你回来，尝尝家乡菜，团圆乐开怀！”脑海里，曲子变成童声，应当是那些拿到书和杂志的孩子对收荒货的唱的。

残忍的爱

她发现他的心已不再柔软是从他对女儿的态度上。

结婚十多年来，她都不知道他发脾气是什么模样。她打麻将输了钱或是贪玩不归，他只会笑笑，掏沓钱放她包里。至多一句，女人熬夜，不好，麻将有得你打的么，何必这么急急的。她要小性子，他转转圈，嘻嘻哈哈的。她心里的火遇到春雨，火灭，心里还生出许多的暖。

对女儿呢，只要在家，他都是亲了又亲。女儿小时的尿布几乎没一片不是他洗的，他说别人洗不会像他一样一刷二洗三清的。女儿上学了，无论多忙，他也是自己开车送。有时她想送，他总说女人心扯得远，开车不安全。

但现在，他变了，毫无来由地变了。

女儿上六年级，学习非常紧张，他却买了自行车给女儿，逼着她学。女儿刚能晃晃悠悠骑，他又逼着她独自骑车去上学。要知道，她们家住在城南的郊区，去学校一路上车多人多，而且要穿越小城最繁华也是交通最混乱的街道。

有一次，眼看来不及上学，女儿撒娇，说，爸，开车送我么。不料想，他却吼起来，你要对自己的事负责，现在知道来不及了，为什么没先计划好？

女儿夺门而出时，她的泪一下子就出来了，女儿啥时受过这么大的委屈呀。

但没想到的是，她只轻轻说了句：你心狠啊，娃不安全的。他就暴跳如雷：以后，娃的事你不要管，自己的事情要自己处理。

这话像刀子，剜了她的心。她仿佛不认识他一样，盯着他远去的背影。

突然间，她想起女儿的话。暑假里，他每天逼娃去卖报纸，还逼着娃做饭洗碗。女儿曾忍不住耳语，老爸不疼我们，肯定有了“小三”，也不用猜吧，他在外面生了小弟弟了吧？

女儿毕竟已是六年级学生，而且早熟，现在想起来，她觉得女儿的话不无道理。

他的生意做得不错。很多年前她下岗时，曾非常想去工作，他就是不让。有次她发了火，他却又是自责又是威胁：好歹我也是个男人，让老婆为几百块钱去奔波，我不难受死了。再说，你忙得老了，到时我再找个年轻的，你别怪我噢。

就这样，她做起了全职太太，上午出去跳跳舞，下午打打小麻将。但现在，全变了，他多次赶她出去工作，甚至不给添衣买菜的钱，更不用说给打麻将的钱了。

他太“残忍”，女儿说。她感觉这词好准。因为，现在他几乎不回家。回了，不是指挥女儿做功课，就是指挥她做家务，而且没有任何商量的余地。

母女俩实在是拐不过弯来，笃定他在外面有了“小三”，甚至有了孩子，赌了气，不问他在外的情况。她赌气去找工作。四十大几的女人，哪那么容易找得到工作，便赌着气去做了保洁员。上完十个小时的班，回家还要洗衣做饭。女儿放学了赶紧做作业，再帮妈妈做家务。做饭洗衣打扫卫生样样干。

母女俩逐渐适应了紧张忙碌的不依赖他的“新”生活。

突然有一天，她接到医院来电。待她和女儿赶到医院时，见到的是昏迷的他。

他醒来，笑了笑，示意她和女儿拿枕头下的东西。

“我的好妻子，我的好女儿，不要怪我心狠。半年多来，你们学会了自立，学会了生活，现在，我的心放下了，可以走了。不要哭，要勇敢，要笑着生活……”原来这是他早就放在枕头下的信。

医生说，年初他就查出了肝癌。他告诉医生家里的情况，与医生签订了保密协议。他说，再多的钱留给母女俩都会用完，他要用有限的时间让她们迅速适应没他的生活。

他安详地走了。她和女儿很悲痛，但一点也不绝望。母女俩相搀相扶办了丧事，没有一丝慌乱。他残忍的爱，早已开了花结了果。

在以后的日子里，母女俩每每处理生活中大大小小的事都没感觉到困难，都会想到他的“残忍”，都会感到他的爱。

补 幸 福

认识小雨这孩子是在休息日的傍晚。

晚霞在天边红艳着，小区里的房子树木、花花草草都披上了瑰丽的色彩。在电脑前坐了一天，我下楼松松筋骨。

这时候，有个女子挽着一个男孩走近我，怯怯地问："请问，您经常发表文章是吗？"

我疑惑地看看这母子俩，因为并不认识他们。

小男孩见我疑惑的神情，连忙仰头："以我十二年的经验，你应该认识我，妈妈说你很用功，经常写作到夜里，要我向你学习的噢！"

小男孩稚嫩却神气，我笑着逗他："怎么就这样肯定我认识你呢？"

小男孩头一歪一晃："我不告诉你！"

母亲见孩子还想与我说话，赶紧说："对不起啊，小雨调皮，我们租住在你们楼下的车库，经常听邻居说起你，天天看你上下班的。"

我与小雨母子俩就这样相识。原来，小雨今天问了道奥数题，母亲解不出，刚才看到我，一定要母亲来问我。

相熟悉了以后，小雨便常来问作业，或是让我帮他看看作文。

小雨第二次来让我看作文的时候，我看见了他衣服上绣的竹叶。

竹叶只有三片，细细的，绿绿的，很写意地在绣在胸前，很时尚的样子。小雨的衣服不是很新，那竹叶却很显眼。说完了作文，我问小雨那些竹叶谁绣的。

小雨还是很调皮地说了一句:“我不告诉你!”蹦蹦跳跳哼着歌下楼,走了。

后来,我又发现,小雨衣服上常常有这样的绣作。只不过位置多在胸前、臂膀或是膝盖处。有的是花,一小朵一小朵,蝶似的,栖在衣裳的臂膀上。有的是小草,三三两两的,或黄或绿地“长”在衣裳的胸前。还有小兔小羊或小鼠,趴在裤腿上,乖巧而可爱。

我便有些奇怪,这些纯手绣衣服价格不菲,而他们只是从农村转学过来,租住在这里。我好像听妻说过,小雨父亲在南方打工时,因脚手架倒塌摔伤,在医院住了近半年,花去很多也没有挽回生命,家境很是困难。给正长身体可能需要经常淘汰衣服的十来岁的孩子买这种衣裳,怎么舍得?

还是在休息日,晚上,与妻一起散步,又遇到小雨和他母亲。路灯的黄晕下,我突然发现,小雨的两只袖口上有两枝金黄的麦穗,非常漂亮。

小雨的母亲一个劲地向我致谢,说小雨现在学习劲头很足,也不像刚转到城里来时那样自卑,“你那么忙,还花这么多心思帮助孩子,太感谢了”。我问小雨母亲:“小雨身上这些衣服那么多手绣,是自己绣的吗?”

小雨母亲没说话,向我妻子示意。我妻挽着小雨走向街边花园。

小雨母亲笑着告诉我:“小雨这孩子小时候特别懂事,他爸走了以后,很长时间都不怎么说话。我把他转到城里来上学,就是想让他换换环境。”

触痛人家的心了,我非常后悔问小雨母亲,忙说:“对不起,我不知道这些。”

小雨母亲却笑起来说:“没什么,活着就是这个样子的。总有沟沟坎坎,总会有个灾有个难的。男娃调皮,衣裳不是这里磨破了,就是那里划个口子。我们哪有钱去买新衣裳。但我想，我要让小雨像有爸的孩子一样幸福。把这些破了的划了的缺口补上，补得漂亮些，孩子就会感到开心。”

小雨母亲满脸笑容，她的话让我回味了许久。

细细想想，我们凡俗的生活，不会总是风平浪静，有时也会波涛汹涌。不会总是阳光明媚，有时也会阴霾密布。但，只要用心去补一补，再艰难的日子，也能迈过，且会开出美丽幸福的花儿来。

幸福守衡

“一个人一生的幸福是个定数，哪个不用汗珠子换，哪个就预先透支了，还得自己挨苦来补上。”这是母亲常对我们说的道理。

于是，我们兄弟姐妹就笑称她发现了人类的一大定律——幸福守恒定律。这个定律说来也不高深，只是她时常用来教育子女的一些小故事。

母亲是个不识字的普通农村妇女，她常说，农村人的话糙，但理不糙。

还是在我十几岁的时候，因为家里穷，我们兄弟姐妹每每见到村上条件好的人家的孩子平时有肉吃，过年有几身好衣裳，就常常在母亲面前流露出羡慕的神情。到了晚上，忙乎了一天的大人终于有了闲空，坐下来歇歇。点上一盏煤油灯，不大的草房瞬间洒满祥和温暖的光芒。全家人团团坐下，父亲搓着草绳或是点上旱烟，母亲就着灯光纳着鞋底，就会跟我们谈谈心。

母亲说：“人啊，福不能享得太早。小时候把福享掉了，等长大了就要吃苦头的。村西的宝宝你们都认得的，他小时候享的福哪个都不能比。生在大户人家，吃山珍海味穿绫罗绸缎，养得细皮嫩肉的，吃饭穿衣佣人服侍。结果呢，什么事也做不来。1949 年以后，他家也没什么像样的东西了，二十来岁还要靠娘老子。等到娘老子老了走了，没得靠了，混东家走西家，现在的样子你们都晓得咯，我不说，你们也看到的。”

于是，我们兄弟姐妹相互挤鼻弄眼：“你是宝宝，你是宝宝！”嬉笑成一团。

我们村里的小孩子都曾拿宝宝开过玩笑的。无论春夏秋冬，他一身黑布褂儿也不洗，什么农活不会做，东游西荡，全靠村里人给点剩的吃用。村里人都知道他到人家就倚在门框边，连话都懒得说的。

我们闹笑完了，母亲就说：“小时候吃苦头，你们就有了最大的财富，将来才做得大事。现在你们要吃好的穿好的，我和你爸砸锅卖铁也可以给你们买，预付着把好的吃了好的穿了，把福享掉了，长大了像村西宝宝那样我可不管。”吓得我们赶紧摇头。

待我们都长大了些，分田到户，家里的条件好了，最小的弟弟也上了学，母亲又拿大刚说事。

母亲说：“按辈分大刚还长你们一辈，他从小没有父母，自己能吃苦，十七岁去当兵，在部队上肯干，又抓紧学了文化，提了干部，吃上了国家饭，拿的是国家的工资，他自己是享了福了。生在福中就不知个福，犯了糊涂，与人家女人说不清，贪污公款，给领导知道了，开除了回来。自己捞福享，现在又回来种地。要知道是你的就是你的，出了力流了汗才是自己能享用的，自己苦出来的才是福，不管你们将来有出息没出息，这个都要记住了。”我们懵懵懂懂地点头。

母亲对我们的教育也是与时俱进的。

如今我们兄弟姐妹都成家立业，母亲的这种幸福理论也被赋予了新的故事。这两年春节全家团圆的时候，她常唠叨：“出身农家，当个公务员，就该知福享福，上为国家，下为百姓，在家为娘老子做事，尽份孝心，这才是大福！”直说得我们连连称是方才罢休。

幸福是一定的，如果不通过自己的努力来求得幸福，就是预支幸福，最终就不会幸福，这就是幸福守恒定律。母亲没有讲高深的理论，也没有人去求证是不是个定律，但我们知道，这是母亲历经人生风风雨雨的经验总结。也许有人不信，不过我信。

苦 麦 场

我的父母亲是用"苦麦场"的方式来磨砺我的。

收割麦子的季节家乡人叫麦场。这时已是初夏,炙热的太阳在上面烤,地上像着了火,收割一下子打破了麦田里虫子的秩序,它们发了疯似的在人们身上乱咬,硬硬的麦秆桩子冷不丁就刺入皮肉,更有那一冬积攒的尘土与汗的混合物沾得满身都是。人一天活干下来,腰酸背痛不说,整个人都黑不溜秋的,嘴里鼻里都黑。

季节不能等,收麦的同时,还要收油菜籽、打蚕豆、种玉米、移棉花营养钵、插秧,活儿多着呢,一点劲儿让不得。倘若不抢收抢种,遇上雨天损失就惨了。所以一到麦场所有人都得拼着命干。要说麦场有多苦,乡亲有句俗语可窥一斑,"麦场苦,苦麦场,苦得就像油锅烫"。

我每年都是要苦这个麦场的。

大学毕业后分到县城工作近二十年,因老家与县城只有十多里地,骑自行车来去方便,休息日我大多会回家看看。然而,父母并不太赞同,尤其父亲更甚。他说年轻人,又是吃国家饭的,即使放假也要寻思着找些事儿做,不能总牵挂着家里,恋家的男人是没有出息的。

但每年到了收麦季节,他们却又不依不饶的要我回去帮助大忙,即使讲明手头工作忙得走不开也不行。后来干脆都是母亲,早早地请人把电话打进城来，让我提前与领导说说，把工作的事情安排好，请上假，安顿好孩子，早做准备，一旦麦子黄了顶了刀就回去开镰收割。我有时心里免不了不痛快，总有不想回去的念头冒出来，但也不好说什么，毕竟收麦季节既收又种，父母年纪也是越来越大，总得有个帮手。何况，虽然家里日子一直过得苦，但记忆中，似乎父母少有事儿这样执拗地让我帮他们。

今年的麦场比往年更苦。春节后就没下过几场雨，庄稼地里干裂的口子手指头都塞得进，麦子长得还算好，油菜、豆子因着干旱提前枯了，与麦子抢时节。母亲在五一节前电话就打来，说今年的特殊情况，如果有值班的话就多值几个，月底收麦，等着你呢。母亲无论做什么都讲究不能欠债，这不又把我的工作给安排了，她说公家的债是更不能欠的。

长期缺乏体力活动，麦场干农活就更显得苦。

割了一上午，十一点的光景，母亲就叫我回家吃饭。正中下怀，我抬起已经累得直不起来的腰，父亲说："早呢，把手上的一畈给割到头，天干的时间长，说不定过几日要下雨，烂麦场不得了的。"母亲就不再说什么。

我又弯下来，挥刀拢麦。肚子饿了，头有些许发晕，毒辣的太阳肆虐我发红的皮肤，已经有皮蜕下来。汗水流出来就干了，只有脸上的汗是在大颗大颗往下掉。臂膀在机械地运动，好像并不受大脑的控制。大腿的肌肉阵阵疼，长时间的缺少雨水，麦桩儿硬邦邦的，无情的麦秆直愣愣地刺破裤管、衣袖，手指上的小血珠不时渗出，很快沾满灰尘，红的血黑的灰都分不清。拿镰刀的手也是机械地挥出去收回来，把一拢拢麦子钩到胸间，用力割下，放齐。我在心里一遍遍给自己鼓劲，坚持坚持再坚持，因为我看到每当我直起腰歇的时间长些的时候，父亲脸色有些许不好看。

父亲终于开恩："吃了再来，歇歇吧。"在母亲的催促下，两人帮我接到头，把我这畈剩下的割了。我说:“爸，我不能动了。”父亲说:“我说你要多做做活，你看哪个种田人不在田里忙活，人是练出来，体力是试出来的，过了这一阵就好了，老是坐办公室，身体是要废掉的。”

从地里到家约四百米，我走了近二十分钟，双腿实在是想迈也上不了前。

习惯午睡的我饭碗没丢，伏在桌上就睡着了。不知过了多长时间，迷糊混沌之中，听到父母在轻轻争执。

母亲轻轻道:“日头毒着呢，非把娃儿绑到田里，这些年，娃儿都近四十岁，还折腾他，下午别下地了，明年不要让他回来了。”

“就你会心疼娃儿，我生的我不疼?”父亲似乎在责怪母亲，我分明已听到母亲轻轻抽泣。

“娃儿大小也是个干部，不要让他吃这苦，人家会笑话的。”母亲说。

父亲不由分说，打断母亲的话:“咋笑话，乡亲们哪个不竖拇指说娃没忘本，不受麦场苦，不晓得庄稼人的辛劳，他一天到晚坐办公室，福享得多，人容易飘浮，是要犯错误的。每年苦个麦场，有好处的，他小时候光屁股在麦田跟我们跑，麦桩子戳得身上破皮烂肉的也没啥，大了才知道用功考上大学的，你不要心软。回家苦麦场人家不会笑话，真的狂出了事才是丢人现眼给老祖宗抹黑!”父亲的声音有些许高。

母亲连忙说:“好了，好了，就你说得有理，不要把娃弄醒，这么多年都依了你了，我也不过是舍不得娃儿吃皮肉苦。”母亲开始轻轻地拾掇碗筷。

父亲咳了一声，极力控制住不发出响声，声音在嗓子里转圈，也是轻手轻脚地离开了饭桌，下地了。

我泪眼婆娑。只在心里默默地说:“爸，妈，明年我还回来‘苦麦场’!”

带橡皮的铅笔

这是我在母校扬州大学听校友滕有玺讲的一个故事，讲的是他怎样做“带橡皮的铅笔”的。

也许是应了“天将降大任于斯人也，必先苦其心志，劳其筋骨，饿其体肤，空乏其身”这句话，出生于苏北阜宁贫困农家的滕有玺，对贫穷刻骨铭心。

他家中兄弟姊妹 7 人，童年天天、月月、年年以山芋等粗粮充饥。

少年时代，为了挣学费，寒冬腊月，他踩在厚冰壳上，有时脚就浸在冰冷的水中，跟着大人在苇滩割芦苇。

因为穷，即使高考分数过了北大、清华录取线，他也不得不接受可免学杂费并可享受补贴提前录取的扬州师范大学的通知书。

还是因为穷，复习考研时，他患上感冒不敢就医，转成肺炎，差点没念成研究生。

就是这些，让滕有玺决定，毕业后要做一支“带橡皮的铅笔”。

滕有玺说，毕业后从事本专业就是做一支“普通的铅笔”。如果未来想从事专业要求比较高的职业，比如教授、医生，那就安安稳稳地做一支“普通铅笔”。如果不是，不妨尝试做一支“带橡皮的铅笔”。

他是怎样去做一支“带橡皮的铅笔”的呢？

滕有玺学的是师范类化学专业，却没有去学校做教师。为了不做“普通铅笔”，1997 年研究生毕业后，他选择了去苏州固锝电子股份有限公司工作，这是一家只有300人的校办企业。

身高仅仅159厘米的滕有玺进公司后，第一个目标却是做好技术员，忘记自己是研究生毕业。别人练习一遍，他练习三遍，别人白天学，他白天晚上都学。为了做到第一，工作之余，他四处向老师们学习，听各种讲座，上各类培训班。学习、实践、总结，再学习、再实践、再总结，一轮又一轮，一年又一年。从部门助理、部门经理到部长，每一个岗位他都是这样努力。

靠着不屈不挠的努力，他拥有了自己的事业、自己的房子、自己的车和一家上市公司的股份。终于有一天，他成了中国最大的半导体制造公司的副总经理、监事会主席，苏州通博电子器材有限公司董事。38岁的滕有玺突然意识到，自己终于摆脱了贫穷，过上了大多数人梦想的生活。

于是，滕有玺又写下记述自己亲身经历的励志书——《穷人的出路》。

网站连载，引起轰动。回母校现场签售，大学生们早早排起了长队。

母校授予他“扬大大学生创业导师”称号。“带橡皮的铅笔”的故事就是滕有玺受邀回母校为学弟学妹们做报告时讲的。

滕有玺说，在铅笔和橡皮诞生的漫长时间里，铅笔和橡皮是分离的，铅笔写错了字，要拿橡皮擦。一天，有个人突发奇想，把橡皮安装到铅笔头上，于是就诞生了橡皮铅笔。不但使用更方便，还改变了“1＋1＝2”的功能定式。他说，如果他到化学企业，将是众多“铅笔”中的一支。但他跑到“橡皮”堆里，那里只有他一支“铅笔”，成为与众不同的“带橡皮的铅笔”就成为指日可待的事儿了。

滕有玺告诉那些感觉他很幸运和羡慕他的人，要成为“带橡皮的铅笔”需谨记六句话：第一句，脑袋决定口袋；第二句，眼光决定财富；第三句，选择决定前途；第四句，不断地自我否定，立足于变，在变化中求生存；第五句，凡事要力求抓住本质；第六句，成功要找方法，不要找借口。

女　将

女性的称呼很多，但我从心底认同喜欢的却寥寥。

窈窕淑女，君子好逑。《诗经》谓温和、善良、美好的女子为淑女，只是离生活甚远。

我堂堂须眉，诚不若彼裙衩。《红楼梦》以衣着称女性为裙衩，又有鄙视在里面。

燕赵多佳人，美者颜如玉。玉人、璧人、佼人、玉女、青娥，赞的是年轻美丽的女子，有赏玩的意味，没有平等。

轻狂娇艳曰冶叶倡条，被人抛弃谓道旁苦李，贬中多有封建道义。

当世无双美人称绝代佳人，有文有才谓扫眉才女，温柔年轻说成软玉温香，美丽坚贞说成罗敷，多少有些夸张。

千金、名媛，虽令人生出对名流美丽女子的怀思，果真叫起来却是献媚着的。

至于女子之称，因了古诗词渲染而多古典韵味。一袭罗裙，撑一柄油纸伞，踏着小巷青石板，袅袅婷婷走来，矜持、娇羞，那是远古山水画中或是梦里才能见。

“春风得意马蹄疾，一日看尽长安花。”唐诗宋词元曲里，虽形容女子雍容绝代，才华横溢，然多指青楼中人实在让人哀叹。

到了现代，随周杰伦的说唱歌曲《娘子》的流行，唱词虽含糊不清，却还是让“娘子”一词兴起，很古典很诗意，可惜，有做戏的成分。

“老婆”该是最通俗顺口的叫法了。可一个婆字，难道白头偕老的愿望提前实现？就如妇女一般，因有了个妇字，就粗了些，俗了些。

也有称“女孩”“美女”“丽人”的，活泼了，轻快了，但恭维人的意思很浓。

“窗前三寸弓鞋露，知是腰腰小姐来。”因了明人诗句，深闺女子称谓流传开来。改革开放讲究语言美，小姐顺口又文雅，也就成了潮流，但一声小姐几多暧昧，以至招来众多女性反对。

“女士”“夫人”与国际接轨，叫起来很洋气，但也不是随意叫的，人家婚否谁知？

“美眉”源自网络，说来好听时尚，上了年纪的说来似乎有些肉麻。

“女将！”东台农村方言对女性却是这样称呼。

“女将”一词，虽然年轻时觉得特土，出不了世面，待人到中年，却越来越喜欢。听老家人或近或远地叫着喊着“女将”二字，虽是方言土语，却感觉很是传神。

春节刚过，车站里，男人们去打工，泪在眼眶里转。车旁，“女将”们挥挥手，“放心吧，老人我服侍好，娃子我照应好，田里我打理好，你在外好好的就好”！没有伤，没有痛，没有泪，有的只是对美好生活的憧憬和对男人的鼓舞，简直就是巾帼英雄。用“女将”称她们，直接易懂，更传神地道出乡村女人的镇定自若、运筹帷幄。

村庄里的“女将”们脚步总是那么匆忙。洗衣做饭喂猪下地，缝缝补补整理家务，肩挑背扛粗活细活，样样拿得出。难怪男人们聊天时，常常冒出句，“我家‘女将’在家呃”！说的时候他们是自豪又幸福的，因为自己的“女将”，在他们心里，不就是家里的干将？

“女将”这个词是刻进了我家乡的乡村女人骨髓里的。她们勤劳着，起早贪黑耕种土地，从不怕恶毒的太阳让脸一天天变黑，只为让家庭不在风雨中倒下。她们深爱着家人，总把孩子和男人当作自己的生命，用自己的双手，呵护一家人的温暖。

古代的近代的现代的，那么多称呼女性的词，我独独偏爱“女将”这个很土的称谓，感觉其他任何词都望尘莫及。因为，“女将”这个词把乡下女人有爱有情的慈与善表达出来，把乡下女人坚强坚韧灿烂地照耀村庄的大将风范呼唤出来了。

看　人

母亲没什么文化，也不知道什么原因，她总把相亲叫作看人。

一

大学毕业后，母亲对我说："家里穷，谈个门户相对的，最好也是从农村考出来的，免得城里媳妇瞧不起家人。"

但我还是遇到了城里生城里长的她。

说与母亲听，母亲直摇头："人家家里条件好，又是老幺，全家宠着惯着的。"

直到我扯到她与我见面都带了侄女来，她哥在部队，嫂嫂上班忙，小侄女与她感情很深，常跟着她，母亲才松了口。

第一次带她回家，母亲的举动让我目瞪口呆。

进了家门，母亲抱起邻家像泥猴样的小娃推给她："帮我抱抱，我来烧茶水。"小娃脸上黑乎乎的，鼻涕流得很长，她没嫌脏，觉得可爱，反倒抱着就亲。

回城前，母亲跟我耳语："这女娃能娶，能对顽皮的小娃子这么好的人，心地一定好。"就这样，喜欢孩子的城里姑娘成了我的妻。

二

“女娃找对象，就是二次投胎。”母亲常说。

因兄弟姊妹多，大妹为了让我们读书，早早辍学回家帮衬家里。人家给大妹介绍了几个对象都没过母亲的关。

在棉花采拾的旺季，有人给母亲介绍了一家。

母亲清晨挑了一百多斤棉花去卖。途经那家人门前时，捆棉花包的绳子竟“断了”。正在打扫院落的小伙见了，从家里拿来绳子帮着捆，还帮母亲把棉花挑到收花站去卖了。

母亲回家后兴高采烈地说：“能帮陌生人的小伙，心好又勤快，大姑娘将来有福享。”果真，这个小伙子后来成了我的大妹夫。

三

小妹的对象是大妹介绍的。

虽然大妹说那人是大妹夫的远本家，非常勤快，会木工、瓦工、油漆工，手艺好得不得了，但母亲还是不放心。

大忙季节，听大妹说小伙子正在家帮父母收麦，母亲立即决定去看人。

去的时候，我们一家都不知道，大妹也不知道。

母亲到了那里，小伙正准备下地。

她说：“我从很远的地方来，到前面村去看亲戚，实在走不动，天太热，能不能给点茶水喝？”见有人讨茶水，小伙赶紧返回家烧茶水。

母亲回来后，对小妹说：“大忙季节，能帮过路人烧碗茶水，为人一定错不了。”亲事这才定了下来。

四

父亲有点感冒，本来在家吃点药就好了，但母亲还是拉他去医院。

到了门诊，母亲在门口站立许久，才让父亲看病。

拿到药后，母亲跟护士直嚷："我不认得字，帮我看看。"护士很忙，但还是停下来告诉母亲怎么服药，又去给别人打点滴。

母亲为人很好，跟人从没有三声高两声低的，但那天却发了脾气："你这样说我哪里记得，人家给了钱看病，我也是给了钱的。你怎么这么忙？"

护士笑笑，转过来打招呼，在药袋上划圈，告诉母亲："两个圈的吃两片，三个圈的吃三片。"

母亲回来后，很得意地告诉父亲："人家给我家老幺介绍的就这护士，对农村老婆子还有这样的态度，这儿媳将来会很好的。"

后来，这护士进了家门，成了我弟媳。

五

人们常叹，当今社会，寻找可以托付终身的人太难，而我母亲的方法却很简单。她总是说："从小一看，到老一半。"也不知母亲说的对不对。只不过，近二十年来，尽管职业道路多艰辛，家庭也都不那么富有，但我们兄弟姊妹的婚姻却都牢不可破，且生活得幸福美满。

母亲看人的方法告诉我，一滴水可以折射太阳的光辉。这个道理用在爱情和婚姻上，就是说，看一个人能不能相伴一生，其实不要看他说了多少句"我爱你"，也不要看在一起有多久，恰恰那些微不足道的细节，往往可以让你明辨他（她）的内心是否有爱情与婚姻里需要的爱心、善心、责任心。

“拎着一袋垃圾站在起跑线上”

“娃儿还没回家，快去学校看一下！”妻在电话里急急地说。女儿放学一向准时准点到家，而今天却这么长时间没回家，我心里也不踏实起来。

“说 4 点放学，现在都 6 点多了，我到学校门口等着，你快来！”为了准备高考考场，学校早早通知今天提前放学。可是，现已超过近两个小时，妻不知出了什么事，等不及就追去学校。

我也急了。学校在小城的最北边，我家在小城的最南端。一路上车多人多，我们对女儿的安全忧心忡忡。

“别着急，别着急，也许老师留娃儿补课呢。”我还是在电话里安慰妻子，然后急着赶往学校。

在学校门口会合，妻急得泪都下来了。“说好下午四点放学就回家的呀，跑哪儿去了呢？要不你进学校找老师问问？”妻已没了主意，见到我，焦急地说。

太阳已下山，校门前没一个学生进出。女儿从小学起就反对我们跟老师接触。她认为与学习有关的事当由她自己解决。因为工作忙，更为了尊重女儿，我们很少到学校，女儿的班主任我还不认识。

“娃儿干什么去了？怎么办啊？”慌了神的妻一再问我。我也很后悔，本来上高中时准备给女儿买部手机的，可征求她意见时，她却没有“批准”。她说高中生又没时间交际，太浪费了。

“出来了，出来了！”我正胡思乱想的时候，妻兴奋地叫起来。落日的余晖下，女儿背着书包，拎着个大袋子，兴奋地向校门口跑来。

“急死我们了，你是犯错误被老师留下来‘补课’吗？”妻迎上去问女儿。“多大的事儿，急什么急啊，临时的事情，没办法通知你们而已。”女儿不慌不忙，仍用她平时说话的腔调跟我们说话，似乎对我们的等待和焦急视而不见。

“怎么这样跟妈说话呢，没有时间观念！你可不可以理解一下父母的心情？”见女儿嬉笑着，我看不过去，教育起女儿来。

女儿还是满不在乎的样子：“做好人好事耽搁了。请接过‘革命的接力棒’，帮我拎着。”女儿满头大汗，满脸通红，随手将大袋子给了我。

“还贫嘴，装的什么呀？”妻脾气急，抢过袋子看：废纸、方便面包装袋、电池……妻看了，真的生了气，“你看你，汗淌得浑身都湿了，家里穷得揭不开锅了去拣这些东西？”

“你看你看，没觉悟了吧？今天打扫教室准备高考考场。寄宿生要回家，我们走读的要多干些活，是不？电池是那些孩子扔桌子肚子里的，不能随便扔是吧？打扫完出来，看到走廊里掉了废纸，我就拣了，不知不觉时间长了。高考不容易啊，给考生个好环境吧。”女儿拍拍妻的肩，语重心长，以长者教育下一代的口气说，“同志们，回家！”

我“幸灾乐祸”地看着妻被教育。“不要输在起跑线上”，我常常听到这句话，从孩子上幼儿园甚至更早开始，直到高中毕业考大学，很多人都在用这根鞭子抽打自己、抽打孩子。父母不踏实，孩子更紧张不安。而此刻，我忽然想，也许，女儿的成绩不是最优秀的；也许，两年后女儿可能上不了名牌大学，但“拎着一袋垃圾站在起跑线上”的女儿让我看到了她已学会了向善，学会了担当，学会了尽责。

看着女儿快乐的样子，我欣慰地笑了。

父亲母亲的一世情缘

父亲和母亲的婚姻虽是媒妁之言，但每每谈及他们的相识与婚后的生活，他们却都是一脸的自豪与满足。

猪圈见人品

母亲年轻时，身材好，为人好，识字，媒人踏破了门槛，但她没看上一个。

有部队干部回乡探亲，看上漂亮勤劳的母亲，可她不同意。“皮鞋那么亮，眼睛里有傲气，哪能把一生交给这样的人？”人们觉得这姑娘不可理喻，外婆也差点逼婚。

母亲被外婆拉着去见父亲是赌着气的。媒人说了：“此人弟兄五个，家里老人很早就走了。他很穷，是老小，为给得了痨病的兄长治病，去煤矿上挖煤。”

外婆看了嘴噘得更高。这是怎样的人家：一间“丁头虎”茅屋，一个旧灶、一张破床、两张小凳子是全部家当，床上躺着病人。小伙子也是憨憨的，似乎对亲事没太多的想头。

母亲转了一圈，盯着门前的猪圈看。她红着脸点头时，外婆大吃一惊：“那么多好人家你看不上，独独看上他？”

几十年后，母亲告诉我们：“虽然父亲弟兄那么多，得痨病未娶的哥还跟着父亲过日子，但父亲懂得疼人呢！那猪圈扫得多干净，他是个勤快的人噢！”母亲说的时候，眼里尽是对自己当初选择的肯定。

照料一个人，养了一头猪，母亲因此看上了父亲。尽管结婚的被子都是借的，后来的生活也并不平坦，但母亲从未后悔过。

春挑泥，夏担粮，秋运棉

婚后，母亲担心在煤窑挖煤易出事，不让父亲再去。尽管这样，灾难并没有躲过。

婚后仅 3 个月，父亲挑河泥时，突然腹痛难忍。那时，农村极少有人想到去城里看病。几十年后，邻居们告诉我，“你妈那时像疯了一样，到处借钱，重复着，‘一定要救他’”。母亲借到 10 元钱，连夜划着小船走了 20 多里水路，把父亲送进城里的医院做手术。父亲住院期间，母亲独自一人日夜看护，精心照料。

父亲出院回家，邻居们打趣：“大难不死必有后福，将来养个胖小子要多送红鸡蛋。”此时的父亲十分沮丧，挖煤挣钱帮哥哥治病，家里本就什么也没添置，现在又欠一身债，才娶进门的媳妇也跟着吃苦，真不该让她跟自己受罪，让她远走高飞。父亲寻思着：“可能真的要等到太阳从西边出来，公鸡生了蛋再给你们送红鸡蛋。”

“没有爬不过的山，没有过不去的坎。”生活的不幸并没吓倒母亲。母亲没远走高飞，而是锯下桑树，请人做了一根扁担。从此，扁担就没离开过母亲的肩。春挑泥，夏担粮，秋运棉，冬挖河，母亲像男人一样，用一根扁担撑起了我们苦难的家。因为心疼父亲，母亲只让他做些辅助的活。更难得的是，无论多么困难，父母亲都坚持让我们把书念完。

一碗汤·一壶酒

母亲60岁那年得了肠癌，我们瞒着她说是溃疡。做手术的日子没有告诉父亲。但母亲刚出手术室，我们就看到父亲抱着暖壶来了。

父亲坐着，盯着母亲看，直到母亲醒来。父亲笑了：“我逮了只野鸽子，熬了汤，喝了，刀口好得快。”母亲点头，又摇头：“儿女们照应得我好好的，你又操什么心，还去逮什么野鸽子，又走那么远，你傻啊?!”父亲不开口，静静地坐着，直到母亲把一碗汤喝了，父亲才肯起身离开病房。

想到把父母亲的点滴故事写下来，是在前不久回家。

午饭的时候，母亲为父亲烫上一壶酒。几十年来，一日两餐，母亲都为父亲备上一壶酒。母亲说：“少喝点酒对身体有好处。”一碗饭吃完，母亲少有地对父亲说：“帮我盛碗饭吧。”父亲佯怒：“陪娃喝酒哩，自己去。”母亲嗔怪：“为你备了一世酒饭，你也帮我盛一回饭吧！”父亲一笑，乐颠颠地去厨房。母亲眯着眼也笑了，笑到皱纹里，一脸的幸福。

他们从没有说一声“我爱你”，从没有海誓山盟的表白。父母亲70多岁了，守着几间老屋，种了6亩多地，很艰辛。但苦也好，累也好，灾也好，难也好，他们相互体贴着、关心着，相搀相扶笑着往前走。

傻瓜盖房

“傻瓜”姓甚名谁早已记不清了，其实当初就不知晓他的名字，双休日回老家偶遇，记忆深处才泛起关于“傻瓜”的点点轶事。

俯瞰马家墩子，散居的十几户人家如泊在河边的一条船，傻瓜的家就是那船尾。马家墩子并不出名，然而“傻瓜”其人十里八乡却是无人不晓。老少爷们饭后茶余常以其为笑料，增添些许繁重劳作后的趣味。

“傻瓜”力大无比，饭量奇大，吃饭不用碗而用盆，就是那种老家人常说的头盆。据说一盆薄粥三下五除二他就能喝下去，但仍直叫没饱。他走起路来，两只大脚扑通扑通声音奇响。

童年记忆中傻瓜那时三十四五岁，可能还要大些，高头大马，四肢粗壮发达，虎头虎脑，只有稀稀拉拉几根黄毛搭在光亮的额前，好不滑稽。他可以一整天不说一句话，一整天石头一样闷着，任人哂笑，不愠不怒，只管整日劳作，随人赏些工分，并不计较多少。

那时，“傻瓜”住马家墩子最北头两间泥墙草顶“丁头虎”，坐西朝东，畏畏缩缩，歪歪仄仄占着墩子一角，一副不堪风雨凌压之态，很容易使人联想到风烛残年的老人。人们都说，他那大肚是喂不饱的鹰填不满的洞，八辈子砌不起房来。

后来我外出上学，也不再听到“傻瓜”的故事。

到大学毕业那年，农村实行家庭联产承包制已有好几个年头了。

一个初冬的日子，我回家时听说“傻瓜”家在砌房，便带几分好奇去了。房子正要完工，村里男人女人大多在帮忙，热闹闹的。宅地夯高了，紧靠“丁头虎”稳稳立着三间新瓦房，红壁绿窗，眉眼清俊，像一个剽悍、健壮的年轻后生。

后来听说这次盖房“傻瓜”又犯了一次傻（据说田承包后称其“傻瓜”的人愈见其少），上梁时候他喝多了上梁酒大笑不止，还用其打惯了牛号子的嗓子唱了不知从哪里学来的“富民政策好”。

我这个双休日回马墩子。在墩子路口，见一幢别致的砖砌楼房，不由停步。

这是一座西式大门，由两根大理石门柱组成，和城里砌的别墅差不离。院子很宽大，靠门搁一辆摩托，旁边花白胡子老汉下身着黑色长裤，上身只着一件红色背心，露着两条光胳膊，正拾掇着泥篓，两臂特别粗壮，好像孩子的大腿，一看就知道是个常年干体力活的人。

老人朝门外瞟一眼，我们即相互认了出来，我差点失口叫出“傻瓜”来。傻瓜颇有些自豪地引我进屋：“现在要适应形势，里面是套式的，看看，进来看看……现在比过去强多了，我呆人呆福，别的手艺也不会，农闲跟上建筑队当小工，有时‘卸荷’，多少能赚些现钱。儿子、儿媳他们住在楼上，我们老两口住楼下，秧已栽好了，拾掇拾掇准备出去，你瞟瞟还没有装修呢。”

“傻瓜”古铜色的脸上似乎每个细胞都洋溢着满足的微笑。也不忌那个呆字，倒让我有些不好意思。

栽秧时节

“吃了端午粽，就把棉衣送。”端午节前后是苏北范公堤西栽秧的季节。

一般地，人们称把秧苗插到水田里为插秧，而我们堤西却曰栽秧而不说插秧。细细品来，表达同一件农事，栽秧与插秧虽一字之差，一栽一插，栽秧比插秧却来得细腻传神，透辟表达出这一农事之精髓。

“插”，是把长形或片状的东西插进别的东西里，似乎有点儿见颟颟顸顸。譬如无心插柳柳成荫的插字，就有些举手之劳，用不着费心劳碌之意。

而栽秧，一个“栽”字，亦如栽树，需择适宜之地挖坑穴、埋树苗、浇灌水、培土壅根。

栽秧也如此。农人需给夏收后的田地上水耕肥用泥镘墁田，田地拾掇完毕，先起秧苗而后再栽之。栽秧的“栽”字把农人的万分虔诚满腔希望和几多辛苦与劳作表达得淋漓尽致。

虽说分田到户，栽秧还是又苦又累又需要集体干的活。无论是否正当端午，主家都会早早包上一锅粽子，买上好菜，备足好烟好酒来招待帮忙的人们。村里断没有独自闷声干自家活儿的。女人们时常三五成群，相帮着各家去栽秧。

早上，天刚放亮，相帮来栽秧的妇女即带上木凳去田里起秧。待到七八点钟，从秧母（育秧苗的地，家乡人如此发音，未加考究，不过我情愿用母而不用亩）里起的秧也就是足够栽了。主家就诚邀起秧人上来吃粽子、鸡蛋什么的作为早饭。

早饭是吃得很快的。随即下趟栽秧。

女人们拉上秧绳一字排开，犹如上阵的士兵整齐而有序。她们左手握一小把秧苗，拇指食指一株株分开送出，右手两指捏住秧栽下水，一气呵成连贯流畅，轻重适宜。栽秧如绣花，是精细的活儿。然秀姑巧妇们似乎是不用眼不用脑的，双手像电脑控制的高速运作的机械手。

这时，欢声笑语也便在田野里蔓延开来，家长里短或荤素笑话由着性子说，并不介意。反正怎么乐来怎么说，只不过说的时候，手不停足不止，一样的飞栽如梭。

许是女人们心灵手巧的缘故，在我们老家，栽秧似乎是女人们的专利，女人不会栽秧或栽得有疏密或横不成行纵不成线的，是要被笑话的。

男人一般是不栽秧的，只是运秧、打秧。

男人们运秧时，少说也有百把斤，扁担两头的秧苗堆得似绿色的塔。

于是乎，激昂高亢雄浑的号子张扬开来，和着栽秧人的笑声，简直就是多声部合唱。运秧男人的号子，就是那领唱且是绝对的男高音。

把运来的秧远远地散发到栽秧人后面备栽的活儿就是打秧。打秧也挺讲究，而不是随意乱抛。打秧的人站立田埂，拎一把秧，手一扬一甩，这把秧稳稳当当飞到目的地，周而复始，秧一把把就均匀而分趟散到位，刚好够栽。

倘若田野没了笑声，抑或栽秧的女人们后面少了一把秧，男人们会趁机扔上一把秧到女人屁股后面，但绝对打不到栽秧人。

泥水点点溅飞，栽秧的女人也趁机直直久弯的腰，俏骂几句，笑声随之又漫开来，漾开去，在夏收后广袤的田野上回旋萦绕。

一天下来，原本黑乎乎水晃晃的田地就变成横看成行竖看成线的绿洲。因着栽秧是个细巧活，天傍黑人们也就早早收工，洗脚上岸，尽情享用主家的好酒好菜。第二天再转别的主家，也不谈报酬什么的。

栽秧时间长了，腰酸背痛，手脚有时都泡烂了，其中的辛勤与劳苦自不用说。然其中之欢乐，不身临其境也是无法体会的。久居城里的我是越来越想享受这份分分秒秒时时刻刻仿佛都在栽下希望的快乐了。

河边有块青石板

记忆，宛若门前的河，无数美丽抑或忧伤的故事在其中流淌。留在我童年梦中的是河边那块青青的、长长的石板。

十八里河自西向东不舍昼夜。只是在家门前都折向南，人们便称之为北湾子。北湾子河窄，水静，是摆渡的好地方。

摆渡人是位身材瘦小的老人，成天不说一句话。无论春风夏日，秋雨冬雪，只是默默地迎来送往。年复一年地从凌晨鸟噪到村野入静，为过往行人摆渡。

村里的娃儿都爱往渡口跑。

夏日炎炎，过河的人少了许多。渡口成了孩童嬉戏的去处。“扑通”一齐扎入水里去。河水又清又凉又温柔，轻轻托起孩子们赤条条的小身子。老人便赤裸了上身，坐在他栖身的茅庐阴凉里，抽旱烟儿。每每见到娃子泛出水面的白腚，便会哈哈大笑。偶有小把戏游至河心大呼救命做挣扎状没下水去，老人总是急急地扔下旱烟杆儿，敏捷地跃上船来，一撑篙窜向河心。这当儿小把戏猛一扎，窜到船艄又会往船上丢把泥，老人于是高扬起细细长长的竹篙，狠狠砸向那黑黑的脑袋，又总是砸到很远的地方，撩起闪亮的水花。娃们便趴在船帮，把渡船推向岸边，老人只管站在船艄，叉着腰，笑。

长年累月，渡口留下光溜溜的船头印儿。孩童总从那儿爬上岸来。

一个小家伙个子矮，从岸边又滑了下去，白白的肚皮上，被瓦砾划出了红红的印子。老人抚摸一阵，眼中尽是忧郁和不安。

不日，河边多了块青石板搭成的码头。孩童爬上爬下的方便多了。大人们说，那是老人准备自己老了去了之后用作墓碑的。这是他唯一的愿望。

麦种下去后，男人们上了河工挑河去了，河对岸来了电影队。婆娘们携儿带女涌到渡口，挤挤的，闹闹的，像过节。

最后一船，人很多，船至河心，一婆娘慌了神没站稳，脚步趔趄，叫了一声。平日里叽叽喳喳的婆娘们全没了主意，纷纷挤向一边，船舱一歪进了水，又涌向另一边。"扑通！"有人掉下水去！老人将竹篙扔给身边的女人："撑过去！"说着跳下水去。

船颤颤地靠岸后，老人已将瑟瑟发抖的女人拖上岸。看见还有一个人在河中心扑腾时，老人冻僵的身子又扑进水里。岸上人伸来竹篙，那在河中央扑腾的女人被老人托举着，很快便紧紧抓住了竹篙。而当竹篙再次伸过来时，老人却没有抓住，沉了下去。

当人们找到老人时，天已经亮了，他两手置于胸前，一脸的慈祥。人们在茅舍里发现老人留下的一个红布包，包里有一枚闪亮的军徽，一副肩章和几张存款单。红布包里还有一封未写完的信。"包里的存款是我的积蓄，我想用积蓄在北湾子建座桥，现在钱还远远不够，可我的心脏病却老是犯。如果哪一天我发病突然走路了，请用我的积蓄和丧葬费建座桥吧，让村里的娃儿上学不再天天乘船过渡……"

如今，北湾子再也见不到那风雨茅舍了。渡口矗立起一座九孔拱形大桥，只有那青石板依在，人们说什么也舍不得动它、拆它、用它。

清清的河水亲吻着青石板，河水把青石板冲刷得好洁净好洁净。

城里媳妇乡下婆

我大学毕业的时候，在找对象问题上，母亲每每流露出担忧，常说："城里人眼角高，瞧不起农村人，找个乡下苦娃做媳妇才好。"

我的兄弟姐妹都在农村，家庭经济状况不好。母亲说多了，我心中固有的自卑感也泛起来，跟着有些惶惶不安。

然而，爱情婚姻并不是完全按照自己设计的路走的。我还是与从小在城里生城里长大的人恋爱结婚。

婚后，我将母亲先前担忧说与妻听，妻微微一笑："既然选择，也就不唯'成分论'，再说，从你身上我就看出来，乡下人单纯。请相信我的智商和情商吧，我肯定能处理好婆媳关系的。"我将信将疑。

从结婚时起，母亲进城，妻总买些馄饨或包子，先"逼"母亲吃下去。然后精心筹备肉呀、鱼呀、鸡的，在吃上下足了功夫。临回乡下，妻又取出冻好的鱼肉给母亲带上。拉着母亲的手："想吃什么早点告诉我，下次来早点准备。"言真真意切切。妻的这一招还真的赢得了母亲的心。暗地里，妻跟我说："弄些好吃的给妈吃，妈就不会说媳妇的不当啦！"

婆媳关系虽好，可母亲依然缺乏自信。特别是我们有了孩子，母亲不能到城里帮我们，更觉得媳妇可能要有看法，背地里老是叽里咕噜地唠叨："有困难不帮忙，哪个媳妇不计较啊！"

"你说，谁不喜欢听好话呀？"妻跟我说，这个问题好解决。每次母亲说到没有帮我们带孩子的事，妻都是说："奶奶（有孩子后妻随孩子称母亲），您种田还把四个孩子拉扯大，把儿子培养上大学，我伲只生一个，拿你一半的吃苦精神，你孙女也能读上硕士博士呢！再说，我们自己带孩子，多些时间陪孩子，也让我们吃吃苦，才能多懂事的。"母亲听了，不仅觉得自己有本事，又觉得孙女将来有出息，美滋滋的。

说心里话，我在法院工作，见多了不孝的子女。我也知道，绝大多数赡养案件矛盾的根源不是儿子不尽孝，而是婆媳矛盾深引起的。我也有些担心这个问题。母亲与妻子，两个女人都是自己的最爱，哪个也得罪不得。如若因婆媳矛盾而不赡养老人，岂不让人笑话，又怎能做别人的工作？

我是家里的长子，加之小时候体弱多病，母亲从小就疼我，舍不得我，恨不得捧在手上，更不用说做家务了。妻挺懂老人心理的。母亲来时，我也想帮帮手做家务，妻还是自己动手包揽一切，把我推到母亲身边："我们又不种田，哪来那么多事。平时都不要你做家务，奶奶来了，娘儿俩好好谈谈吧。"母亲看到媳妇如此这般敬爱儿子，笑就一直挂在脸上。妻说："母亲总舍不得自己孩子吃苦，你妈看到你忙里忙外会心疼的。"妻这招真的让母亲高兴，常常在老家对邻居说，把儿子交给媳妇照料放心。

其实，人与人之间，婆婆与媳妇之间的关系不仅要技巧，更要以心换心。我母亲生病期间，妻下了班买菜变着花样烧煮饭菜往医院送，还要招呼一拨又一拨来看母亲的家乡亲友。母亲术后，妻又忙家里又到医院值夜班、擦身、倒便盆。前年，家里老房子有点漏水，我忙得顾不上。妻吓我："万一倒了砸伤了老人，你就留下一世的骂名了。"妻东跑西颠买椽购门运砖，硬是把家里的老房推了重砌。妻常说："以心换心，婆媳也就没得芥蒂，只有浓浓的亲情了。"每每说到媳妇，母亲都说："前世积的德，有这么个好媳妇噢。"

每每看到母亲舒展着饱经风霜的脸与妻子或谈笑风生或窃窃私语相依偎在一起，我这做儿子的都有些忌妒了。

去年春节，我们老家“海选”孝媳，一家一户投票推荐。让我始料未及的是，城里生城里长又在城里生活的妻在老家村里竟像明星一样被追捧，竟获得 2300 余张村民们的投票，名列“十佳孝媳”第二位。妻说：“这都是奶奶给宣传出去的。”在村里开的表彰会上，妻子说：“孝顺老人不仅是道德问题，现在生活条件这样好，不愁吃不愁穿，家庭和谐更是为了我们晚辈们自己，孝顺老人，避免家庭矛盾会让自己更幸福。”

最是金黄油菜花

雨雪断断续续地下个不停，让人感觉今年的春天特别冷。

这天，久违了的太阳终于出来了，利用休息日，我们去看望几户特困人家。

车向海边的渔村走。我低头看几户人家的资料。一户，男人打工时脚被砸伤，女人先天性鸡胸，孩子 10 岁。另一户，男人因糖尿病双目失明，孩子上高二。还有一户，女人脑萎缩，男人打工，孩子上职高。

车窗缝隙里的风吹动资料，我不由打了个寒战。儿时，我兄弟姐妹四个，父亲身体不好，母亲一人独撑着家。春节时，大队里或是送件救济棉衣裤或是几两猪肉。每次，母亲都含泪拒绝。贫困的日子想来就心酸。资料介绍很简单，但我的眼还是忍不住模糊。这几家日子一定过得苦兮兮的。

我无心留意春色，下车即在村干部的引领下，步行去这几家。

“娃儿，等下再做作业，来客人啦!”又矮又小先天鸡胸的女人乐呵呵地让儿子来见我们，手中的棒针上下翻飞，不停地编织着外贸毛衣。男孩背后墙上是他的奖状，每学期一张。他虎头虎脑，有些腼腆，但还是很大方地跟我们说：“爸去做小工了，我代爸谢谢你们。”我们送上慰问金，女人笑着推让：“噢哟，还这样客气，来看看我们就很高兴了。”又拉过孩子，“记着，长大了要报答人家，也要帮穷人家的。”

刚进第二家院子，在村里一家工厂做工的女主人气喘吁吁地赶回：“对不起，失礼啊，才接到村里通知，谢谢你们把我家放心上。”屋里的男人闻声走出房间。女人欲搀扶他的男人，男人轻轻让了让：“我不能劳动还要打胰岛素，我老婆不简单的，里里外外都靠她。丫头成绩不错呢，还是文学社的社长。考上大学就好了。”女人一旁嗔怪：“你啊，就晓得夸耀！放心，孩子大些这个坎也就过了。”男人又接腔：“孩子出去上学，老婆就进城打工，我学个盲人按摩手艺。”女人见我们送上现金，也笑：“算我们借的，日子好起来还你们吧。”说得一屋的人都笑了。

进第三家门时，脑萎缩的女人正抖抖霍霍地烧着火。她试图站起来迎接，但晃晃悠悠还是没能站立起来。她笑容可掬却口齿不清：“才停了雨，路上不好走，难为你们从城里来。”几个邻居帮着翻译她的话，显然早适应了那种特别的发音。就这样，她告诉我们，男人打工，自己行动不便，平时邻居帮着她，孩子上的是职高，学门技术好找工作。现在的日子比刚生病时已经稳当多了。临走时，女人一再挽留我们吃午饭。

矮小的房子却干净整洁，因病因残困顿的人家却阳光灿烂。沿着小道，我们边走边议论着。

“油菜花什么时候开的？满世界都是，太漂亮了！”突然，有同事惊呼。我们极目远望。蓝天白云下，铺天盖地的油菜花在阳光下闪烁，金灿灿的一望无际，直延伸至远方的海边，融入湛蓝的天际，蔚为壮观。

和着海边湿润的空气，清香淡雅的油菜花香萦绕在身边。细细的花秆在海风中摇曳，小小的花朵聚集在花秆上，纤弱甚至卑微。可是，她们却蕴藏着一股折不断的韧劲，手拉手、肩并肩，成畦成片弥散成金黄的海洋，展现出一道十分亮丽的风景。

我们被这满目金黄震撼了。春雨春雪的寒冷里，油菜花在淡雅纯洁中抽薹，在空灵清逸中结蕾，一天天让自己变得温暖。阳光一照，花儿就朴实、自然、含蓄且坚忍不拔地染出金子般的春色。正像我们去的这些人家一样。

坚守的麦秆草堆

收割麦子的季节家乡人叫麦场。说到麦场，种田的人就叹：苦啊！

初夏，太阳像要把一冬一春积蓄的能量全放出来一样，炙热的太阳在上面烤，地上像着了火。越是热麦子越黄得快，转眼麦子就“顶了刀”收得了。

麦场真的是苦得尽了油的。挥舞的镰刀打破了麦田里虫子的秩序，它们发了疯似乱咬收麦的人。硬邦邦的麦秆桩儿冷不丁就刺入皮肉。更有那一冬积攒的尘土与汗搅和在一起沾得满身都是，走出来就没个人样，黑不溜秋，嘴里鼻里都黑。别的活计还能换个手干干，割麦却是从早到晚叉腿弯腰驼背。割个把时辰麦就腰酸背痛了，一天活干下来，大腿根子上的肌肉僵痛得割麦人都不想挪一步回家。

现在，不管是年轻人还是老年人，图个清闲享福，都是请收割机回来。一刻儿功夫，麦子装进袋子，只要用板车往家拖就行了。

麦子几角钱一斤，麦秆草却是没得用的。煮饭烧水，麦秆草发烘不好烧，何况不少人家都用了电饭煲煤气灶。撂在田里，棉花营养钵不好搬，秧不好栽，有时还把棉花苗秧苗捂死。收拢起来，工夫也不止这些钱，费时费力耽误做其他活计。也不晓得哪个起的头，放把火一烧，省了功夫还不费劲。后来到处都烧的时候，广播电视天天喊、干部天天叫：不准烧！种田的人说：“哪个晓得农民的苦衷，我伲不晓得烧了有污染啊！你说科学利用，现在猪啊羊的也讲究，哪肯吃粉碎的麦秆草。放在田里，碍手碍脚影响下一季的种植。不烧你怎弄！”于是，白天不肯烧，晚上也偷着去点把火。大家也习惯了这个季节浓烟四起天昏地暗，呆子才不烧呢！

国梁就是个呆子。每年麦场他都从上海回来做呆事，自己动手用镰刀收割。

火太阳晒在国梁的脸上，一阵阵像烙铁一样烫且痛，麦桩子像尖利的长刺硬邦邦的，直愣愣地刺破裤管衣袖，手指上的小血珠不时渗出，很快沾满灰尘，红的血黑的灰都分不清。“在上海厂里头做工，一天六七十块，田里麦全收起来能值个几百，来去路费盘缠还要扣工资，损失少说千把块钱，人还要在麦田里‘受刑’，不晓得算的什伲账，自作自受！”他婆娘也是农村人，晓得收麦苦，头几年心里舍不得，一起来家帮上一把，这几年见国梁不听人说就赌气不睬他。今年，国梁一个人从上海家来收麦，还被婆娘奚落了一通。

肚子饿了，头有些许发晕，毒辣的太阳肆虐发红的皮肤，已经有皮蜕下来。身上的汗流出来就干，头发根子里出来的汗流到眼睛里涩涩地胀痛。大腿肌肉疼得已没得知觉，只是偶尔站起来直直身子时才感到钻心地疼。挥刀拢麦，臂膀在机械地运动，好像并不是大脑给控制的。国梁身后已经割倒了一片。“人家能把麦秆烧掉，我家也能，你一年到头不晒太阳哪吃得消，何苦噢……”一生一世种田的娘老子也气，国梁哪儿都好，就是这事固执，被人家笑话。又疼又恨反复地劝。国梁说：“收割机收的麦秆长，不烧就没得办法，还是刀割的清爽。”娘老子说多了，国梁就不吱声，只是手不停脚不住地在田里割。

两边人家已经用收割机收割结束，麦子早拖回家晒了，就等着点火烧麦秆。西边人家麦秆草烧得干干净净都准备上水栽秧了。东边人家怕东风把火吹到国梁家田里不敢放火，站在田里骂在心里：“不曾见识过这种人，你作怪出风头不烧麦秆还影响人家。”国梁晓得东头人家的脸色，走过去拿他特地从上海带家来一根就值一斤麦钱的好烟打招呼：“你家烧他家烧，这个空气不得了。对不起对不起，今天带夜头割，不影响你家。”人家朝他翻白眼儿国梁也不计较，再拔根好烟给人家，继续割。

三天后，麦子割上来了。国梁三请四邀央求人帮着脱麦，讲好一个人一天把三十块钱，管吃。好在平常人缘不错，邻居给了面子，麦整整脱了一天。蚕豆要收麦要晒秧要栽棉花钵子要搬，五忙三时家家忙，乱七八糟的麦秆草人家不肯帮他弄，七嘴八舌的还是叫国梁一把火烧掉。国梁也不急，笑笑：“这两天出门就淌眼泪，天都黄了像要地震，都烧麦秆草，这以后的环境还得了啊。堆在田头让它自然腐烂，对环境没得污染。”人家没得功夫听也不想听国梁说大道理，找个借口打个招呼就走。

麦秆草没得用又占地方，堆起来更不容易。国梁在田头专门整个地方堆麦秆草，还在草堆四边理个墒沟，防止麦秆草烂时又黄又臭的水流到河里。这日头真毒。五六天忙下来，身上的皮肤已暗下去，像块烧红的铜，也不火烧火燎地疼了。国梁开始堆麦秆草。一个人用杈扠些草上去，又跳上去理平踩实，再跳下来扠。娘老子实在看不下去，过来帮国梁扠麦秆草。

收完麦子的田地空旷，那个麦秆草堆很显眼。烧得乌黑乌黑的田中间凸起个黄黄的麦秆草堆，把火红的太阳光反射出去，发出金黄金黄的光芒。娘老子把麦秆草扠上去，站在草堆上的国梁一杈杈接过去。国梁跟着金黄黄的麦秆草一点点地上升长高。

上年的还没全腐烂，新的一年的麦草又堆起来。浓烟滚滚的田头，国梁家的麦草堆甚是孤寂，但又是那样恬静而执着地坚守十多个年头了。

清明那些事儿

我对清明节的记忆，始于随父亲去远离村子的坟地添坟。那时，我是恐惧的。

小时候，每年沿蜿蜒的河岸去添坟。看零散的坟墓，飘舞的纸幡，飞扬的纸钱，潜伏在心里的鬼故事自然地涌现出来。我只有紧紧拉着父亲的手以抗拒内心的害怕。而父亲总是一个个坟看过去，说着长眠地下的村里人的名字。而后，带我到爷爷奶奶的坟前。告诉我清明是先人过年，房要新，帐要新。扯掉杂草，挑啊挖的，给坟添上新土。那种虔诚，让我心里又添神秘。

对清明真正开始有点认识是我伯父去世的时候。我的伯父因病终身未娶，待我很亲，我一直陪他睡。仅有40岁的伯父病逝时，我8岁。出殡了，随着一声“落”，棺木缓缓入坑。尽管长者关照多次，一锹土填下，晚辈们就要跑，谁跑回家快，谁就最有福气。但我只是傻立着，心想：就这样再也见不到我亲近的人了吗？

随后几年的清明，我便总想去看看我沉睡地下的伯父。

离家上学后，我对清明节也淡漠了些。只记得上高一时，学校组织祭扫烈士墓，走着去的，一路又渴又累。我作为学生代表在烈士墓前讲了话，印象自然深刻。

轻狂的年纪，学了点唯物论。父亲问起清明节回不回家时，我都以没时间为托词，不回乡下。

对清明的重视，是在岳父母去世后。每年去祭奠，家人总是讲起他们无微不至的关爱，可敬可爱的仁慈。我突然间认识到：虽然逝者听不见看不见我们的怀念，但缅怀的种种讲述，彼此会听见，孩子会听见，这是孩子了解血脉传统的时刻。

而当我的母亲经历十多年病痛的折磨，长眠于老家那片坟地后，我的思绪便如清明节前的春雨般绵延，总是算计着何时清明，去看看已经见不着的母亲。

细细想来，清明节是为逝者而设，其实更多的时候不是为活着的人勉怀逝者设立的吗？

“万物生长此时，皆清净而明洁，故谓之清明。”刀耕火种的年代，清明节或许是告诉人们春不种、秋不收这个农事信息。但在人世间享受美景时，设立有点感伤的清明节，除了说天地清明外，我觉得还有希望活着的人们敬畏生命，怀念逝者、不忘先人、反思自我、升华情感的目的。就像我母亲在世时常说的，要记住祖宗亡人的种种好。我永远怀念我的母亲。

秧原来可以快乐地栽

秧要载得横成行竖成列！

只要是种过地的人，都知道这样的常识。学农课本上也写得很清楚，行距株距大不得小不得，大了浪费地收成要减，小了光照不够收成也要减。农业技术员也这么讲的。从我记事以来，秧都是这样整整齐齐、横竖有序地栽的。

乡亲们说，栽秧是个描龙绣凤的细心的活儿。每次栽秧前，父亲都先用尺在一根芦竹上量了又量，做个搊子。下地了用搊子量一趟再分成均匀的几行，拉上长长的秧绳。然后，所有的人都要按照行距株距一棵棵往地里栽。

乡亲们又说，栽秧就像是下油锅一样苦的活儿。面朝黄土背朝天，天上艳阳晒，地面水气蒸。每年，回去帮助父母栽一次秧，我都得腰酸背痛几个星期，还要脱层皮掉几斤肉。

乡亲们还说，栽秧是个有技术有功夫的活儿。初学的时候，往往栽得深深浅浅弯弯曲曲，练好的栽秧功夫相当不容易。分田到户后到了栽秧时节，家家都得请人帮忙或几家合在一起栽。

今年母亲打电话过来，让我回家栽秧时把城里生城里长的妻子和女儿带回去，她们也会栽。原来，父亲决定家里的秧田全部抛秧。

于是，就见到栽秧变成了这样的情景。秧苗在空中划出优美的弧线，轻轻地落在水中，溅起一团小水花，在阳光下五彩缤纷的，煞是好看。

孩子们见着好玩，顿时活跃起来，抢着扔。一家老小一人一捧秧苗，也不要下水田，站在田埂上，东一扔西一抛地干起来。你扔我甩，玩儿一样，父亲站在一旁，偶尔提醒哪里还嫌稀要多扔一些，哪里已经差不多了。

一棵棵秧苗在空中飞舞如纷飞的蜻蜓，不知不觉一个多小时，原本几个人两三天才能栽完秧的地，在大人小孩快乐的笑声中天女散花般一个多小时就给完成了。

“这样乱七八糟会不会出问题?”我担心地问父亲。

“抛秧，自然落下自然生长，比用手硬插到地里深浅不同成活的速度还快些呢。去年做了试验，产量比过去一棵棵地栽还要高。以后，不要怕回家栽秧了，秧也是可以快乐地栽的。”父亲不无自豪地说道。

秧原来可以快乐地栽!

我们常常循规蹈矩按照前人的经验走路，总觉得工作生活枯燥乏味。其实，固有的程式是可以打破的。打破固有程式，会激发起我们更大的热情和兴趣，成功之路上的艰难险阻再也不会令人望而却步。前行过程中的枯燥乏味少一些，快乐愉悦就会多一些。

有一种颜色叫深沉

有人喜爱绿色，因为绿色象征生机。有人喜爱红色，因为红色象征热情。有人喜爱蓝色，因为蓝色象征美好的梦想和希望。有人喜爱黄色，因为黄色显示出雍容华贵。许多人不喜欢黑色，也没有人歌颂黑色，因为黑色冷峻，有时甚至显示着难以接近乃至与哀伤连在一起的。

小时候，在乡下，春来了，绿是我最亲近的颜色。门前屋后，地上的种子破土而出，欣欣然昂着头，迎着阳光，舒展着的绿色小叶，像刚出壳的雏鸟，充满稚嫩和希冀。夏天，灰头土脸的老屋四周是色彩斑斓的世界。面对绿的叶红的花，我尽情地穿行于红绿之间，满世界撒着欢，红和绿给了我无拘无束的快乐。秋了，又是满眼的黄，春华秋实，遍地黄的稻谷，黄就是收获，黄就是温饱。秋去冬来，白雪皑皑，晶莹剔透，铺天盖地，打雪仗扔雪球，冬日里是孩子们快乐的天堂。

可是，有一天，我不解了。问母亲："咋没有黑色的花，黑色的叶，黑色的庄稼?"母亲笑了："傻孩子，黑色吸热，那些娇嫩的花、脆弱的叶、靠人伺候着的庄稼是吃不得这个苦的。世上原来是有黑色的花的，只是经不住晒，被太阳烧死了。黑色怎么没有呢？你看看你脚下的土地！"

于是，我知道了，黑色是经得住太阳的炙烤才能留下的颜色。肥沃的土地就是这种颜色。

生命是斑斓的。蓝色的天空、白色的云朵、金色的阳光、红色的花朵、绿色的庄稼、黄色的果实，我从心底里深深爱着这多彩的世界。我更加喜欢这多情的黑色的土地。

因为，我选择了法官作为职业，选择了黑色法袍伴随的人生。

在庄严的法庭上，诉争总是激烈的。只有放弃常人的激昂与偏见，沉着冷静才能做到“淡如春水，和似春风”，才能沉稳驾驭庭审，以法律的眼光看待事物，明辨是与非。八小时之外，灯红酒绿的地方不能去，那里的轻歌曼舞、美酒佳肴、宝马香车不能享用，享乐与诱惑如烈日注定要将我炙烤。弃浮躁绝奢华，固守精神家园是我们唯一的选择。

黑色是土地，包容万物，让万物生长。人民是土地，养育精神，给我崇高的职业。选择了黑色的法袍和胸前熠熠闪光的大红法徽，我就必定选择深沉。

我不是没有烦恼、苦难和艰辛、压力。我的周围不是没有噪音和诱惑。可是，无论外面世界多精彩，我仍要保持内心的宁静。个人无拘无束的享乐注定与我无缘，抵御金钱物质美色，甘守清贫，淡泊名利，不贪图享受不随波逐流，洁身自好甘于寂寞，天平永不倾斜是我的责任。

选择了深沉，寂寞与孤单便与我相伴，但我知道我并不孤独。因为，我身着黑色的法袍，脚踏黑色的土地，胸配红色的法徽。因为，我在用我深沉的黑色底蕴回报七彩世界，让生命的彩虹更加美丽，让多彩的世界更加和谐，生命之花便会绚丽多彩。

我越来越热爱黑色这一种深沉的颜色了。

那些点亮生活的灯

小时候，家里舍不得点灯。一个月供销社代销点每家才供应二两火油，父母都要把火油省下留着收割大忙季节用，不让我们点灯白耗油。

待上了学，天没黑要帮家里干活，只有晚上才能做作业，我便盼望有盏灯。我找到一只墨水瓶，在盖子上钻个小洞，穿进用旧棉絮捻成的约莫两寸长的捻子，我们就有了天黑后写作业的灯了。

后来，父母看我们兄妹四个做作业，墨水瓶灯太暗，而且常常被透过茅屋的风吹灭，狠下心买回来个罩灯。

稳当的灯座上，四个镀锌的托爪托着明亮的防风玻璃灯罩。买回来那天，我们好奇地盯着看了一个晚上。父母不让弟妹碰，唯恐摔了，擦灯罩成为我的专利。

每天晚上，我撕下父母找回来的发黄的报纸一角，先揉软，再轻轻推进，然后伸出中指，探入灯罩内，小心翼翼转动。而后停下，拿出报纸，往灯罩里哈气，再擦拭。一遍又一遍重复，不厌其烦，直到擦拭得不见一点油烟。

天完全黑下来，我们才点灯。父亲往往远离罩灯，默默搓绳或拾掇农具。母亲则坐在我们留的空隙的光亮里，或纳鞋底或补衣裳。明亮的光晕把我们的影子印在土墙上，调皮的小弟常有些小动作，那些影子变幻成狗啊兔的，惹得一家人哈哈大笑。

夏天临睡前，罩灯还成了母亲帮我们灭蚊的工具。她总是小心地把煤油灯移进蚊帐，悄悄从帐中的蚊子下面迅速地往上一凑，噗的一声，蚊子立刻被烫死在灯头旁。

分田到户后，父亲用在窑厂做工的钱买回一盏“马灯”。后来我才知，那是挂在桅杆上行船用的桅灯。

“马灯”周围有钢丝护着玻璃罩，罩子和捻子可升降。罩子抬起，捻子卷上，火柴伸进去点燃，再放下罩子。“马灯”防风效果更好了，父母开夜工带到田头去也不会灭。母亲也常提着去接在窑厂打工的父亲下夜班。农闲了，才吊在桌子中间给我们做作业。

我去公社中学上初中时，还用过汽油灯。

我是班长，师生都十二分宝贝的汽油灯便由我负责点亮。点燃前先要用底座上的推拉杆，把空气打进去，打足了气才能去点中间的网纱芯。充足的气把火油从一组小孔中压出，喷成雾状小滴，化为蒸汽，跟空气均匀混合。这样燃烧完全，网纱芯烧得炽热发光，嘶嘶作响。上面的灯拍再把光反射下来，照得教室里雪亮雪亮的。

那时，一般只有唱大戏开大会才会用上一盏或是两盏汽油灯。刚恢复高考没几年，为了让我们能考上小中专或高中，学校下很大决心才每班添置了一只汽油灯。

现在，人们似乎已忽略了照明是灯最基础的功能。考虑更多的是床头灯要柔和，吸顶灯要新颖漂亮，照明灯光线要节能可调……

我把用过的灯说给女儿听，她一脸茫然。转身在网上查了叫我看，网友已将这些灯列为收藏品了，那曾是我二十多年前盼着的，用着的款式。

但这些落后的照明灯具，曾点亮我童年、少年的生活。它们将在我的生命里永远长明，永远光彩熠熠。

第二辑　晒幸福

有个信封想说中国话

那是临近春节的一个星期六，很冷。我去邮政所取稿费。

邮政所坐南朝北，从偌大的玻璃门可看到服务厅里寄包裹的、汇款的、存款的人们挤挤挨挨、热热闹闹。只有一个农村妇女倚在门边，也不知是每一次门开门合寒风的阴冷还是别的原因，她有些畏畏缩缩。

我推门而入，那妇女就满脸堆笑迎上来："不好意思，麻烦你，你懂美国话吗？"说着，又笑笑，很不好意思的样子。在这偏僻的邮政所，一个农村妇女，怎么问这样的问题？我心里嘀咕着打量起她来。

她衣着干净利索，只不过长期的风吹日晒艰辛劳作让她腰已弯背已驼，皱纹也早早爬上额头。我猜她不过六十出头，但人显得老，可能只有五十多岁。见我打量，她忸怩起来："真的不好意思啊，要是这信封说中国话就好了。"

听了她的话，我笑了："有什么需要我帮助的吗？"

她又打招呼："信封上说的是美国话，我哪懂啊，等了两天，都没得人懂。"

我接过那双粗糙皴裂的手递来的信封——这是一封来自美国某大学的信，寄信人姓张。我问："你儿子在美国，姓张？"

"是啊，是啊，你懂美国话儿，这就好。"她立刻神采飞扬，满是自豪和骄傲，"儿子去美国读书，我和他爸不放心，想写封信给他，可是，我们哪懂美国话，照着他来信地址写的，全都退回来了。这次，我和他爸说了，无论如何要找个懂美国话的人。”说着，又拿出四五个信封。

我一看乐了，告诉她，美国人写信习惯跟我们不一样，寄信人和收信人的地址他们写反了。

她又不好意思起来：“我说呢，他爸还责怪信封不说中国话，我说肯定是依样画葫芦画错了。”“谢谢，谢谢你啊，麻烦你帮我写好不好？”

我接过他儿子的来信，帮她写信封。她仍激动地自言自语：“他爸没得主意，就知道干着急，生了几天闷气。我说我不怕羞，不信就等不到懂美国话的，不信就不能让说美国话的信封说中国话。”她唠唠叨叨，很兴奋，就像看到儿子般。

我告诉她，美国人说英语，英国人也说英语。

她又说：“他爸晓得儿子学过英语，还愁儿子不懂人家美国人说话，这不，闹笑话了。”

我问：“你儿子平时没告诉你们吗？”

“噢哟，农村人为儿子学费东奔西走赚钱，平时很少在家的。再说，儿子初中就住校，回家来也是看书，哪有时间？”

我告诉她，刚才，我在信上加了一句话，请她儿子每次写信多写个回信的信封寄回来，以后，只要拿儿子写的信封寄回信就顺当了。

她又千谢万谢。而后，仔细地封上信封口，看了又看，兴高采烈而又小心翼翼地投入信箱。

要是这信封说中国话就好了！年轻而苍老的母亲渐行渐远。我想，大洋彼岸的儿子是否知道这句话？是否知道父母为了这个说英语的信封寝食不安？

预写个信封只是个很小的细节，但细节才是生活的全部。说起爱，我们常常感觉很抽象，爱其实就体现在细节之中。但我们整日奔走红尘，却不知，母爱之伟大，就在于关注孩子成长的每个细节，并无怨无悔付出。那被爱着的孩子哪怕只是做到父母的十分之一，这位母亲也不至于如此辛苦。

其实，只要将点滴细密的爱化为生活的每一处细节，就能熨平亲人心灵的褶皱，慰藉亲人心中的情思。

行千里只为握个手

这是一个老兵讲的故事。那一年，老兵提了干，穿上了四个兜的干部制服。他远在边陲，十多年在部队，假期都放弃了，这一次，老兵决定休假。

偏僻村野里出了个干部，几多意气风发的骄傲，几多衣锦还乡的自豪。十多年未回故里，何况老兵还是个很随和的人，儿时好友，家中亲戚，宴请一个接一个，他的日程安排得满满的。少时旧事、部队趣事，说说笑笑间就到了归队的日子。

早晨，温暖的阳光把农家小院照得喜气洋洋。父老乡亲、同学朋友、村里乡里的干部知道老兵要归队，早早地来了。老兵与前来送行的人一一握手。到了院子大门外，人们还是恋恋不舍。待走出村外，老兵已是满眼含泪。

十多年的军营生活练就了他的坚强，他劝回了人们。一转身大踏步向前走。直到走了很远，他下意识地回头一瞥，不料想父亲还是跟了上来。见老兵突然回头，父亲一愣，很紧张很慌乱的样子，似乎有什么话要说。老兵说："回吧。"

父亲没有说话，还是畏畏缩缩的样子。

"没事吧？"老兵问。父亲还是不说话。欲言又止，手抬起又放下。

老兵想，父亲是舍不得自己走，不能这样下去。一扭头，走了。

回到部队不久，老兵收到妹子写来的信。信中说，老兵探亲回部队后，父亲情绪非常低，整天唉声叹气唠唠叨叨，说儿子探亲在家十四天零五个小时，与他就没说上几句话。说那天回部队的时候，儿子与村里的人都握了手，就是没与他握个手。跟着儿子走了几里路，儿子都没有碰他的手。再后来，每次来信，妹子都说，父亲还是唠叨儿子离开家没有与父亲握手。

外表坚强的父亲，内心竟然如此脆弱！

夜深人静，父亲孤身站在大路上欲言又止晃动着膀子的情景常常出现在老兵眼前。其实，父亲并不需要什么，只是纯粹的一个握手，只是想感受到儿子正常的体温，感到远在千里外的儿子心中还有父亲，有一个流着自己血脉的温暖的胸膛与自己在一起，有一颗心和他在一起跳动。

老兵流泪了，为自己的一个疏忽。于是，老兵下定决心要补上这个遗憾，破例在不到一年的时间内，再次提出休假。

一路风尘，一路车马劳顿，行程千余里，在家只待了一天，第二天老兵就上了路。

这一次，老父亲仍站在人群的一边，仍没有言语。儿子和乡亲一个一个握手。最后，老兵径直走到父亲面前，双手紧紧握住父亲的手不放。父亲像不认识儿子似的，盯着老兵的脸看，头渐渐抬起来，把儿子的手握得更紧。老兵看到父亲的嘴角在抖动，看到父亲的眼泪在眼眶中打转，感觉到父亲苍老的手在颤动。

现在老兵已经退役多年，跟我说这个握手的故事时仍激动不已。

是啊，我们习惯了亲人的照顾，却常常为挂在嘴边的或者肌肤之亲的表达方式感到不自在，总是不屑于对自己的亲人用亲昵的语言或动作。

其实，我们的亲人不仅需要被人安慰、鼓励和关怀，更需要我们把爱和喜欢以言语和行为表达出来，让爱我们的人充分感受到我们心灵深处的爱，浪漫和幸福会涌上彼此的心头。

脚穿“千层底”

白的“卜页”底，黑的“直贡呢”面，鞋帮缀两片松紧带，这就是我情有独钟的“千层底”布鞋。在我心中，任何时尚任何名牌都难以替代，尽管千层底布鞋现在已不时兴，甚至在很多场合显得很不合时宜。

新三年旧三年缝缝补补又三年。那时候，家中兄弟姐妹多，劳力少，尽管很少穿新衣新鞋，但每年大年初一早上，全家定会穿上母亲放在床头的“千层底”。

每年麦子种下后，母亲便开始拾掇那些穿得不能再穿、补了不能再补的旧衣裳。洗净晒干升火熬糊，用海碗盛了，再把门板卸了。蘸涮捋贴补拼，一片片一层层，如此重复将碎布浆烙在门板上。母亲把这个活计叫作“糊浆子”。冬日里，手醮到糊里再抹到碎布片上，常常冻得通红通红。娃子在院子里追逐打闹，母亲也不说什么，只是在忙碌中不忘微笑着用慈爱的目光瞥一眼，唯恐我们跑到门前的河边掉下去。有时候也告诉我们，糊浆子醮糊要匀净，多了就涩针，少了粘不牢，经不住我们“铁脚”奔。

浆子糊好后，母亲就把门板上上，让一日一日的阳光晒着。浆子干了后起下，先是用鞋样子把浆子剪裁成帮子和底，再在剪好的底上理些许布片，用线从前至后连起来，这样就可以随时随地拿着散不了。母亲总是将纳鞋底叫作钉鞋底。做鞋的整个过程是烦琐的，最费工夫的就是钉底。每次想到母亲钉鞋底的情景，心中温暖都油然而生。

那时，父亲身体不好，母亲是家中的主要劳力。雨雪天不能出工干活，母亲当然会拿出鞋底来钉。而更多的是上工回来，把我们照料上床后，她才会坐到小桌前。煤油灯微弱的亮光下，左手握拾掇好的底，右手捏枚带线的针，先把针尖头在发间轻轻摩擦沾些许头油，接着便挖顶拉绷一气呵成，鞋绳“哧——哧——”穿过鞋底，动作连贯娴熟，声音悦耳动听。父亲大多在一旁或搓草绳或拾掇泥篓之类的农具，偶尔停下来点上旱烟。父亲常打瞌睡。这时，母亲便会轻轻地哼起《拔根芦柴花》《茉莉花》等家乡小调。就这样，有时在半夜醒来，父亲也睡了，只有母亲仍在那儿一针一线地钉着。

冬天夜头长，母亲钉鞋底我们就常常感觉热闹些。

母亲合老合少为人好，屯子上结了婚的婆娘未出阁的姑娘都喜欢捧着鞋底儿到我家，母亲的宽厚与仁慈是这些纯朴女人想学的样子。每当她们来之前，母亲就早早地用棉花秆子升了火炉子以便她们暖脚，找些旧报纸剪了鞋样送她们。

三个女人一台戏，一屋子女人东拉西扯也不误钉鞋底。贫穷寂寞的农家女就把艰辛与劳累抛到脑后，张家长李家短的笑语不断。母亲更多的是教她们做鞋的功夫，谈笑间说道些做人的道理、处理家里琐事的法子。近乎一冬，每天夜间，做鞋便成了母亲重要的工作。

或是千针万线做鞋的这般辛苦，或是“卜页底”那一层层的样子，布鞋才被叫作“千层底”的吧。

母亲做的“千层底”穿在脚上轻巧自如不磨脚打泡，穿上一双“卜页底”松紧口布鞋曾是我少时的荣耀。

然而，也有一段时间，我却有些忿忿然。

那是在进城上高中后，我发现皮肤黝黑，穿打补丁衣裳，蹬松紧口布鞋就等于告诉人们我是个乡下娃。上体育课尤其不自在，同学们各式各样的白球鞋是那样刺眼。雨雪天更是让我无地自容、难忍冰天雪地的寒冷。从教室去食堂再到宿舍，无论多冷，也只能拎着鞋光着脚，不然鞋湿了就没法穿。多少次，我在心里下决心一定要彻底告别土里土气的“千层底”。

直到上到大二，省吃俭用，学习之余再为学校打扫厕所、食堂，半年多终于攒了十五元钱，立即到街上买了一双皮鞋。心里发誓，从此不再穿“千层底”，虽然母亲一直做着，虽然有时候没钱买双新皮鞋。

也许是母爱永远割舍不断，我尽管坚持着穿了几年皮鞋，但习惯了穿布鞋的脚却怎么也不适应。穿上皮鞋，常感觉自己的脚像被死死束缚住一样别扭，更糟的是一年四季，多汗的脚丫有讨厌的脚气不说，脚面上还常常大块大块地感染蜕皮，有几次甚至感染发热不得不上医院。

年岁渐长，待到了而立之年，我再次穿起了母亲做的“千层底”。这时，我才知道，在办公室上班，在球场运动，在街头散步，在家休闲，穿上母亲做的“千层底”，透气吸汗轻便是一种多么美好的享受；才知道，幸福原来就是慈母手中线，脚上“千层底”；才知道，“千层底”里还纳进了母亲无限的叮嘱和希望；也才真正有了穿上“千层底”人心素朴无欲无求，喧嚣繁华一下子都远去的感觉！

“最爱穿的鞋是妈妈纳的千层底，站得稳走得正，踏踏实实闯天下……”每每听到这首老歌，都会被这朴素的歌词和直抒胸臆的旋律感动。我想，词曲作者肯定和我一样有“千层底”情结。

现在，我无论走在哪里，都会带上一双心爱的“千层底”。

煮　碗

顾兄是我发小，从小一起玩，后来又一起上了小学、中学、大学，再后来竟又幸运地分配到同一城市工作。所以，有事没事我都喜欢去他家坐坐聊聊。

一个休息日的午餐时间，办完事正好路过顾兄家，妻不在家，我便去蹭饭。

顾兄的父亲在一次事故中被撞成重伤，半身不遂长年瘫痪在床。母亲长年在老家种地，用煤气电饭锅烧饭烧菜这些家务活儿都不会干。出了事后，顾兄的父亲母亲就进了城跟顾兄一起生活。顾兄的岳父是青光眼，60 多岁时突然眼睛就没了视力，至今已经 10 多年了。岳母原是小厂的女工，上班时厂里没有什么防护，因长期吸进粉尘得了硅肺病，硬化了的肺功能很差，整日里喘个不停，说话都费力，家里常备着氧气袋。顾兄夫妻二人业余时间几乎全是照料四个老人，很是辛苦。

我很佩服顾兄，心里也常常叹息。顾兄在外算是成功人士，很是风光。但在同龄人中，家庭拖累却是最重的。而且，无论我怎么游说，他都不肯请个钟点工或是保姆。他总是说，照料父母，不是儿女亲人有些事是做不到的，钟点工或是保姆即使再怎么细心都没有自己照料那样的亲情在。

进得顾兄家门时，他正围着围裙，招呼着老人们准备开饭。

说话的当儿，顾兄把饭碗盘子都放到锅里，倒上热水，“啪”地打开煤气。

我心里嘀咕起来：这么孝顺的人也开始嫌弃老人，吃饭之前都要把碗煮沸消毒了。

我想，以后与顾兄单独在一起时还是要说说，不要当着老人的面煮碗消毒，以免老人们有被嫌弃的感觉而伤心。

有几天没遇到顾兄，还没来得及跟他说煮碗的事儿，我又一次绕道来他家。

顾兄还没有回家，他妻子围着围裙在忙碌。先是搀扶没有视力的父亲到桌前坐下，又拿了药片给母亲，叮嘱这种药要在饭前吃。再搬了凳子把顾兄母亲安顿坐下。

此时，顾兄到家，进了门，与我简单寒暄几句，他便又将碗、盘子和汤匙收拾到锅里，倒上热水，“啪”地打开煤气灶煮起来。

看着顾兄熟练地煮碗，我也没顾及老人们都在场，不由得问了句：你家每次吃饭都要煮碗消毒啊？

煮碗消毒？顾兄笑了，还真没想过。真的，这煮碗是有消毒作用？不过，我们煮碗倒不是为了消毒。

煮沸不是为了消毒，那要把碗和盘子放到锅里煮干什么？

顾兄的妻子从锅里取出冒着热气的碗盘装饭盛菜后，穿过餐厅、客厅给床上的公公送去饭菜。边走边告诉我，这都是你顾兄想到的，年纪大的人吃饭慢，用时长，大冬天的，如果用冷碗冷盘子装饭盛菜，饭菜很容易冷，他们吃到最后都是冷的呀！把碗加热可以起到保温的作用。

三位老人笑容可掬地围坐在桌旁，说说笑笑开始用餐。房间里的老人不时地大声插上几句。屋子里洋溢着笑声。我端起饭碗，饭碗还真是暖暖的，暖暖的饭碗的温度迅速传遍我全身。

十分钟的细节

公司很忙，但每周他至少要抽空回一次父母家，看望两位老人。

每次回家，到家门口他并不敲门，也不急着摁门铃，而是站在门口往家里打电话。

如果是他爸爸接电话，他就说："爸，我已从公司出来了，还有十分钟可以到家。"

他爸爸不善言辞。电话里，他就东拉西扯说公司里的事儿，问妈妈的身体好不好。而后，再说儿子在学校里的情况。就这样在家门口，打足十分钟电话。

如果是妈妈接电话，他也是先说："妈，我已从公司出来，还有十分钟可以到家。"

他妈妈喜欢谈心，他就站在家门口，家长里短和妈妈聊，好打足十分钟电话。

每周都是这样。有时候，他带妻儿一起来看他的父母，还是这样。

开始的时候，妻不解，说："亲情电话不要钱也不能这样打呀。"

他对妻子说："爸爸妈妈年纪大了，腿脚不灵便，我到家就敲门，他们急急地出来开门，容易磕着碰着。电话响一声挂了，而后再打进去，他们一个人就可以慢慢去接电话。我说十分钟后到家，另一个人就可以慢慢出来开门。"

他问儿子:“你睡得正香或正集中精力做作业时,突然有人敲门,你会怎样?”

儿子说:“我会吓一大跳的。”

他笑了,对儿子说:“这就对啦,爷爷奶奶家平时来的人少,如果突然敲门,他们不也是吓一跳吗?他们还不急匆匆地赶紧出来开门?我给他们打十分钟电话,他们就可以慢慢出来开门了,对不对?”

他儿子抬头看他,也笑,似懂非懂。

常常,就在要到十分钟的时候,家门轻轻打开了。

每次门开的时候,他爸爸妈妈都十分惊喜:“怎么这么快就到家的呢?”

他笑着对他们说:“今天路上没什么车,快了些。”

爸爸妈妈就嗔怪他:“还像小时候一样,想爸爸妈妈就急,以后开车不要这么急的。”

一家子就笑着拥着进门了。

孝顺有时就只是个简单的动作,孝顺有时就只是些小小的细节,有时只需要十分钟。

留碗给母亲洗

上大学的时候，从杭州实习归来，同学们与带队教授已经很熟，回校后争着上他家蹭饭。

毕业在即，同学们自然放肆了许多。愉快的晚餐结束后，桌上已是杯盘狼藉。几个热爱劳动的同学抢着要洗碗，教授却笑容可掬阻止："不急，不急，有人洗呢。"

教授将碗筷收拾放进水池，先冲去了油污，把碗洗净，而后轻轻地走到他八十高龄老母身边："妈，洗碗喽……"声音中有些许撒娇，还有些许求助。

同学们一下子都愣了。这哪里是那个处处关心体贴学生的教授的人设？

教授也不顾我们的惊诧，搀着老母亲走进厨房，还在絮絮叨叨："妈，儿子不会洗碗，还是你来洗啊！"

老母亲一改餐桌上的萎靡。腿脚虽不灵敏，却很来精神地走到水池边，慢腾腾地洗起碗来："洗涤剂不能放多了，洗好还要冲，洗涤剂有毒的……"

教授的母亲像教小孩子一样，不时还责备几句："还教学生呢，碗都洗不好。"

教授软软糯糯唯唯诺诺："是的，是的，要学习，要改正……"

"思维紊乱了不是，三下五除二洗了算了，劳神还受气。"年轻的我们看了真的有些生气。

教授并不恼："你们还不懂，待几年后你们为人父为人母就知道了。"

教授母亲花了有半个小时才把碗洗好。教授用庆祝胜利般的语气对老母亲说："辛苦您了，歇歇，歇歇。"拿块毛巾给母亲擦手。

搀母亲回房后，教授旋即回到厨房，又把碗洗一遍，再汰净抹干才收拾进碗橱。

"有没有疼人之心啊，让八十老母给我们洗碗，不孝！"

"这些碗前后洗了好几遍，是不是教机械专业教久了，人变得机械了啊！"

"碗洗这么多遍，水资源浪费啊！"

…………

由于平时教授跟我们大家早已打成了一片，相互之间常常开玩笑，同学们有些夸张地声讨他。

教授笑逐颜开，对诧异的我们说："学问还没做到家是不是？爱是有不同方式的。记住了，做母亲的没有不想为孩子做点贡献的，即使她们老了的时候，即使她的孩子也老了，但在母亲眼里儿子永远还是个孩子，永远是需要帮助的小孩子。老母亲成天独自坐在家里，没有人需要她，她怎么能快乐起来？晚上回家，让她洗碗，她就感到儿子需要她，需要她的帮助。她从早晨起来就有了盼头，一整天都会变得充实起来。孝敬父亲母亲除了帮助父母外，还要给他们一个机会，让他们爱你！"

"义愤填膺"的同学们一下子鸦雀无声。这不是道简单的数学题，也不是生活常识题，其中蕴含着为人子女的深切心意——孝敬父母的智慧。

钢筋达人

太阳已经落下去很久了。不远处城市的霓虹把工地照得色彩斑斓。她和他约好了似的。她手上托着个宝贝来到工地出口时,他也收了工,拎着个水泥桶,嘴里哼着小曲,怡然自得地从高高的脚手架上下来会合了。

“你看,这是啥?”她笑眯眯的,有些顽皮地侧着头问他。

“你呀,就喜欢扎小玩意儿,几个中午都没打个盹了。快回吧,娃等急了哩。”他急急地上了摩托车,起动。

“你噢,怕动脑子,也不怕娃大了瞧不起。”她一手护宝贝,一手揽他的腰坐到车后。摩托突突地响了,他知道她坐稳了,呼的一声上了路。

他一直是一个人到上海干活。不过结婚后有了孩子,她就坚决地跟着来了。倒不是担心他在大城市拈花惹草,她有她的道理:无论多苦,无论多穷,一家人在一起才好。

从此,无论工地移到哪儿,她和他都在离工地不远的地方租房子。就这样六年了。现在,租的是城乡接合部的二层小楼楼下的一间,虽只有十平方米的样子,但他们也是下了很大决心的,一个月要五百多块房租,且每户一个电表,一个水龙头,水电费是另算的。

还没进门,儿子听到摩托声就已跑到跟前了,她把手上的宝贝递过去,问:“在家没有调皮吧,看看这是什么?”边问边轻轻下车。

儿子从她手中接过宝贝，托在手心，眼睛盯着。她搀起儿子另一只小手回屋。

他把摩托车停在院子里，确认锁好之后，脱去身上有泥点的工作服，奔向用石棉瓦临时搭的厨房做饭。她和他是有分工的，他初中毕业出来学瓦匠手艺，她上到高二辍学。每天回来，他负责烧饭做家务。她文化比他高，自然负责儿子的教育。

“妈，扎的啥呆戾（东西）啊，我可看不出来。”儿子等不得了，急切地问她。

她不慌不忙，收拾着被儿子搞乱的屋子：“想想，这几日电视里有啥大事？”

儿子一边帮着把自己画画扔在地上的废纸捡拾到垃圾筒里，一边仰头问妈妈：“我想想，今天看了开幕式，可是我说不出了呀！”

她笑了，启发儿子：“数数，有几个花瓣？”

“嗯……”儿子伸出小指头数，“五个花瓣！”突然，他兴奋地叫起来，“这不是木棉花么，妈妈昨晚上说过的，叫‘芬芬’，在叫广州的那个城市开会，对不？”

六岁的儿子仔细端详她送的宝贝。她和风细雨地告诉儿子：“对，是木棉花。这是亚洲残疾人运动会吉祥物，也叫英雄花，象征不断进取。”

她用手指点了下儿子的额头：“我家娃儿真聪明，你爸还不一定知道呢！”

烧了碗青菜豆腐汤端进屋来的他也笑了：“连这都知道，到底是我生的娃，聪明！”

她想抱儿子。儿子却扭头跑到他跟前：“错了，女人才能生娃，我是妈妈生的！”

听了儿子的话，他对她讪讪一笑，眼睛眯成一条缝，有种坏坏的味道：“娃，吃饭，长大了你就知道是我生的。”她回应他，也会意地一笑。

儿子把“木棉花”小心地放进橱柜里，一家三口有说有笑围坐在四仙桌旁吃饭了。奥运鸟巢、世博中国馆、东方明珠电视塔、亚运会火炬……几十个模型，都是细小的钢筋扎成的，很逼真，小橱柜里都排满了。那些大大小小的模型成了晚餐的背景。

男人看了看那些模型，突然想起什么似的：“你倒可以去报名参加达人秀节目的，一定能评个‘钢筋达人’吧！”说的时候，呵呵地笑着，笑得单纯、爽朗。

她跟着他从苏北到江南大都市后，整天一副手套，一个扎钩，戴顶安全帽，蹲在建筑工地上扎钢筋。早上六点做到晚上七点，中午吃饭四十分钟。但中午吃饭那会儿，她总喜欢用废了的钢丝，描龙绣凤般非常细心地编些五花八门的模型。她每天让他买晚报看，只要报道了什么大事，她就会找出个物件来扎模型带回家，教给儿子些知识。他看细细的钢丝在钳子与指间有韵律地扭动时，常常心疼她，说她是走火入魔了。

“‘钢筋达人’是肯定的啦，不过，我一个钢筋工，有你，有娃，做个生活达人就好了呀。”她很满足地答道，眼里满是生活的美好，对幸福的憧憬。

出门在外

记忆如流水，很多的故事，大多早已忘却，留下的是金子般的往事。虽然二十多年过去了，但我的记忆中常常记起第一次出远门的那个夜晚，尤其是人到中年的时候，出现的频率就更高了。

那是 1984 年高考结束后，经过漫长的等待，我终于接到了大学录取通知书。虽然在我看来学校并不理想，但在当时的农村却是非常轰动的事儿。邻近几个村的人都在传递着某某家出了个大学生的消息，上了年纪的还说是中了状元了，似乎是个天大的喜事。但凡遇到父母，远乡近邻都要恭喜一番，陪着父母高兴，说不尽好听的话儿。

9 月 10 日是通知书上到学校报到的日子。家里正是农忙时节，紧张地收割着稻谷。前几天我独自进城排队买车票，不声不响地打点好被子和简单的行李，想象着向往已久的大学校园，憧憬着未来的日子，激动不已。

到了 9 日晚，近 10 点钟的光景，父母才拖着疲惫的身子，从田间归来。草草吃了碗粥，父亲便在院子里喊："都出来，有事儿说。"已有些瞌睡的弟妹们以为有什么好吃的，一下子来了精神窜了出去。

我正准备上床，也不知道什么事，磨蹭了会儿。母亲又喊："老大出来，是说你的事儿呢，也顺便出来凉快凉快。"听母亲的口气，很慎重的样子，我也赶紧出来。

父亲已点上了旱烟，红红的火星在黑暗中一闪一闪的，平素不苟言笑的父亲，在点点闪烁的亮光里更显严肃，让我感到有些拘束和不安，心想有什么大不了的事，如此这般兴师动众。

母亲安排我们一一坐下，不停地摇着芭蕉扇为弟妹们驱赶蚊虫。父亲发了话："明早老大就要走了，你们兄妹四个都一起听听。我跟你妈合计了，有些话不能不跟你们说清楚。"旱烟抽透了，父亲用力在木凳边上敲着烟嘴，笃笃地响，好像在提醒我们认真听着。弟妹见这架势，叽叽喳喳的声音戛然而止，不知道是在外面惹了啥祸还是有什么别的事，都有些胆战心惊。

母亲拉过小弟："你们都长大了，有些事跟你们说说。特别是老大，你是长子，要带个好头，我家出个大学生也不容易，明天就要离开家，出远门了，我们心里也舍不得。没有办法，家里地多，也没人去送你。再说今后你在外面的事我和你爸也不懂，想管也管不到，有句老话，要成人，自成人。出门在外，自己要把握自己。"母亲说着说着声音有些发颤，我分明看到了母亲的点点泪花。

一向少语的父亲狠抽了口烟，一字一句："我们没有多大本事，种的个老实田，把你们拉扯大了就不容易，家里穷，但人穷穷得要有志气，碗外的不能吃，身外的不能要，别人的钱再多也是人家的，老大你有志气苦读书，以后还要苦读。吃喝穿是个无底洞，到了大城市，好吃好玩的多，人容易控制不住，你们都记着，不能跟人家比吃喝比穿衣裳。动了坏念头人就贪……"头一次听到父亲这样絮絮叨叨长篇大论，直到劣质烟呛得咳嗽起来才止住话，不由得不让我觉得话语沉甸甸的。

母亲接过话："你爸说得对，出门在外，还有个事儿也要记得，老大你上了学读了书该比庄户人懂。小伙子一个人在外头，最容易惹是生非的就是男男女女的事，吃这个苦头的人多，不论是种田的平头老百姓，也不论做多大的大官，人在男女的事上一犯糊涂就要犯错误的。不是我吓你，为个女人毁前程掉脑袋的都有，后庄上的老秦官做到团长，不还是为了女人给发配回家种地了。你已二十岁，在学校里头不能今天你明天她的跟人家女孩子说不清……”

我听得不好意思，打断母亲的话：“哪年哪月的事儿，我懂的。”母亲拍拍扇子，还是不依不饶地说：“你不要以为这不是大事，这些事不跟你说清楚你将来要抱怨我们的，男女的事弄得不好影响自己的名声，说不定就要误了自己的一生，即使以后毕了业结了婚，风花雪月的事儿不能做，对这个事都要放在心里头。”

“还有件事我也得说，”父亲说，“老大你上大学，以后就是国家的人，但你要晓得你家祖祖辈辈是种田人，不要以为自己了不起，出去上学，是去学知识学做人，不要一年土二年洋三年不认爹和娘，做人不要忘本，今后不论你做什么事，都不要忘了种田人的苦，在学校里要多做好事，将来要是你发达了有权了都不能狂。有钱有权的人不要去巴结，讨饭的也不要去欺负，多雪中送炭少锦上添花。不管事情大小，能帮人家就帮人家点，你要记住这句话，帮人就是帮自己。现在村里的人都说你给我们挣了脸面，我们听了好不荣光，你们这些娃儿，都学好，也不枉我和你妈苦这一辈子。”

9月的天异常的热，知了还在不停地叫着，屋后蛙声连成一片。父母你一言我一语，更是让我听得汗流浃背。母亲到井上打了凉水，拎了个冷毛巾给我擦，一丝清凉沁透心脾。虽然当时只有二十岁的我还不能完全理解父母的话，但我已知道离家前父母赠言的分量了。

现在每每想起那个夜晚，我的心都为此震撼一回。为父母在一片颂扬声中的清醒震撼，为父母的人情练达震撼。出门在外，洁身自好，何尝不是为人处事的根本。在我开始独自走上人生旅途时，父母就用他们最朴素的话语为我树起了路标。

凤凰被暖

春节愈近，想着念着凤凰被的心愈切，心也越柔软暖和。

凤凰被很土，是农家很早盖的那种，放在柜台上也许根本没人选。但于我，却是有感情在里面的。被面很红很红的底子上，只只凤凰头顶彩色翎毛惹人喜爱，拖曳的长尾如美人翠色的长裙，千姿百态。对比强烈的色彩，朴素夸张的图案，充满温馨。

凤凰被是我们婚后首个春节母亲做的，名字是女儿咿呀学语时起的。

拾棉花的时候，母亲进城就说，她选了新棉花，走了十几里夜路偷偷找了私人轧机轧棉花，拆了自己唯一的毛衣做网线，弹了两床新棉絮，还借了布票扯了两床被面，买了格子棉布里子。我和妻都读出了母亲眼里的等待和盼望。

大年三十到家，父亲母亲欢天喜地。说说笑笑间吃过年夜饭，母亲就铺床。妻子欲帮，母亲却摇手，一个人铺，仔仔细细地铺。

“也不知道习惯不习惯?”母亲一直有这样的心思。她不知道自己缝的棉被能不能给儿媳带来踏实安稳的睡眠。

妻拥凤凰被，看密密实实非常讲究的针脚，抚大红大绿的凤凰和白底红格的里子，闻着新棉花的清香，问:“这被怎就这么暖和?”母亲眯着眼，很灿烂地笑了。

窗外，冰河冻水。母亲缝的厚厚的凤凰被柔软贴身，恐怕经常失眠的人也会安然入梦。

老家风俗，年初一早上当是儿子送早茶到父母床头，但母亲却不要我们动手。她很早起床，弄好早茶给我们吃。其实，她还是担心媳妇受冻。“这被子真软和，从没有睡得这么舒服。”直到我们起床妻这样说，母亲的心才放了下来。

初三我们回城，母亲就很细心地收起凤凰被，宝贝一样放在紫红漆的橱柜里。

农家来亲友都会向邻人借被子。母亲很大方也很会处世，但凤凰被就是没外借过，她不知给人家赔了多少个不是。“其他都能借，这被子不能。”阳光充足的日子，母亲把凤凰被晾在天井里，天天晾衣裳的绳子也要擦了又擦。邻居见了总要笑她：“这床被子晒得比自己盖的都要勤。”母亲一脸幸福：“你不晓得噢，老不见阳光就有霉味的，洗都洗不掉的呢。”

护着凤凰被，就像护着儿媳的样子。虽然，老家很近，一般我们不在家住。

于是，母亲重复着。

一年年春节，春寒料峭，粗棉布被面手洗不来，母亲赤脚在泡沫上舞蹈般踩踏；一年年春夏，母亲播种打顶，把棉花侍弄得生机勃勃直至白棉花开；一年年阳光明媚的日子，母亲晾出被里被面棉絮，把小院渲染得色彩斑斓；一年年冬日，母亲铺里子放棉絮，抖落有只只凤凰的被面，飞针走线；一年年腊月，父母坐在暖阳里陪伴棉被，让棉被吃足阳光柔软温暖；一年年春节，我们拥阳光香香的凤凰被，闻亲亲热热的家乡味，酣然入梦。

“十二月里腊梅香，百鸟齐来朝凤凰。白鹤孔雀凌空舞，百鸟朝凤呈吉祥。”凤凰，传说中吉祥神奇之物，象征美好、才智和吉祥，比喻男女爱情和夫妻和谐。母亲也许不知道这些，但凤凰被却寄托了她多少牵挂、等待、关爱和祝福啊！

父爱“无情”

父亲是个沉默寡言的人，为人又特实在，很少与儿女交流。在我们的脑海中，除了干活还是干活的他，最深的印象恐怕就是在夜晚点上一支烟，发出吧嗒吧嗒的声响来，要说变化就是旱烟锅后来变成了香烟。

第一次让我心有余悸地体会到父亲“无情”是在我九岁的时候。

家乡地处范公堤西面，典型的水乡，沟河交错纵横，水多桥多。由此带来的常常就是溺水的多。于是，从小学会游泳是我们这儿的传统。

我生性胆小，好多与我一般大的娃儿早已在水中自由驰骋劈波向前，而我还只是在码头前紧抓石桩乱扑腾。尽管码头边的水已浑浊不清，但我始终不敢离开一步，有时干脆就赤条条地坐在石板上望着水中的伙伴鱼儿般地钻下窜上。

一天，坐在树荫下的父亲也下了河，他向别人借了一只摸河蚌时装河蚌的澡桶，让我抓着，叫我用一只手划水，用两脚上下蹬水。就这样我忐忑不安地游着。不知不觉中慢慢地我被带离了码头。

突然，只觉澡桶被猛地一抽，滑脱了我的小手。只听得父亲大声叫道：“不要叫喊，用力划！”

我吓呆了，手脚并用乱舞一通，试图抓住一根救命的稻草。呛了口水后，头露出水面，慌乱中见父亲已在离我一尺远的地方慢慢地将澡桶向岸边移。

我失望极了，又是一口水，挣扎，挣扎。偶尔间听父亲不停地放开嗓子在嚷："快！抓住澡桶！……"可是就在我好不容易接近时，澡桶又悠悠地移走了。

我不知道我是怎么到岸的。只是清楚地记得，当我的脚接触到河底的淤泥时，我都不敢喘口气，只觉心在扑通扑通地跳。

待我回过神来，又见父亲正对着我坏笑。我气急败坏地向他撩水，他笑容可掬地离岸而去。愤怒中，我又一次上当，人离了岸。

这一天我学会了游泳。

学游泳时父亲的"无情"让我还感到不那么可气，而第一次出远门的情景着实让我难以接受，好长时间都耿耿于怀。

初中毕业，我考取了县重点高中。母亲在帮我准备好被褥衣裳后，就一直怂恿我："自己去跟爸说，让他送你，一个人怎么走，三十多里地呢。"

父亲已经为我上学东奔西走地借学费，平时对他十分畏惧的我，哪还有胆量向他再提要求。

直到临走的前一个晚上，我才鼓足勇气走到父亲面前："爸，明天我起早走了，怎么……走……啊？"我在嘴里嘟囔着，最后几个字我自己都怀疑有没有说。

父亲敲敲烟锅："自己走呗，田里的稻就要收，十几岁的人不要你帮家里，进城去读书还要搀要扶啊。"

母亲赶紧打圆场："孩子问你一下子的，你也说得轻巧，天不亮就要上路，又没出过远门，进城到哪找去？"

父亲还是不依不饶："有嘴就有路，我就不信摸不到学校的门，不是还比我们多认几个字吗？"

母亲还想争几句，我赌气地拉她的衣角，不让再说。

父亲说："明天得起早，睡觉去！"看着他无情无义的样子，对未来的担忧，对新环境的向往，头一次离家的种种不安统统被激愤的情绪冲得七零八落，我半夜无眠。

鸡叫头遍，我只与母亲打了一下招呼，挎上装的包，背着棉被，手上拎个放满书的旧木箱，斜挎着那时最典型也是我最奢侈的草绿色书包，与父亲不辞而别。

一路上走走停停，肩上皮破了，脚上血泡出来了。渴了到河边捧把水，饿了吃口母亲摊的饼。为了找到学校，平时很少开口的我不得不左一个大妈右一声大爷地问路。

黄昏时分，当我摸进学校时，不禁泪眼婆娑。我多么希望父亲或者母亲能在我身边，哪怕是在疲惫不堪近乎绝望又不得不往前走时给我鼓鼓劲，在我胆怯不敢向前时给我壮壮胆，在我难以启齿向别人问路时给我递个眼神也好，我什么都不要帮的。然而，我泪都不能久流，我得继续往下走，我还没报到，还不知在哪儿吃在哪儿住呢。那种孤独无助的情景至今还历历在目。

父亲的无情在我工作成家后还在继续。

我大学毕业进城里的工厂搞技术，但世界变化也太快，而立之年时厂子说倒也就倒了。没了工作，我整日里无所事事。

兄弟姐妹一合计说："你有文化，我们把小孩送城里上学，你就接送加辅导，我们给钱。"

我知道这是他们想接济我，心里自是十分感激。

父亲知道后，却是暴跳如雷："这是什么话，你们把孩子送进城念书是好事我支持，但你们自个带好了。"就是一百个不同意我辅导孩子。

兄弟姐妹不理解，母亲不理解，我更是一头恼火："我下岗了，难道带几个孩子的本领也没有了吗？"

母亲多次与父亲商量，求他一般，泪都说出来了他也不同意。最终他竟说："你们这是在害老大呀！给你们带孩子，你们给他口饭吃，他个大学生大男人一辈子就这么着?”骂得没人敢开口再提这个事,都说他越老越顽固不化,不通人情,都有些不想理他。

两年后,我自学法律并以优异的成绩参加统一招考进了法院,全家人才逐渐理解了父亲。

父亲的爱是“无情”的,深得让人一时不能体会。因为,只有他知道,儿女不会永远生活在襁褓之中,只有置于“死”地而后生,儿女们才会找到自己的生存之路。正是这样的“无情”,才让儿女在风雨中长出丰满的羽翼,健壮的体魄,勇于向前的胆量。我要说:父亲,你的爱我读懂了。

谢谢你,我“无情”的父亲!

“谎言”的力量

“你是十月蛇，命好！”这句话母亲对我说了四十多年。

小时候我一直病恹恹的，多病的我自卑得很。

每每独自忧伤时，母亲就说：“算命先生说的，你属蛇，晨曦初露时的蛇，舒舒服服睡了一夜，起来时万物都醒了，露水足，小蛙、小虫多，在洞口就吃得饱饱的呢！不会像我们面朝黄土背朝天，你长大是要拿笔杆子的噢。”

母亲说的时候，还常常拉着父亲：“他爸，是不是？”父亲笑，敲打旱烟锅，只点头，不说话。

村里小学的校舍是 1949 年以前地主的老宅，青砖朱门，庭院深深。我总感觉学校角角落落都阴森森的，非常害怕上学。那个年代，在我们老家，祖祖辈辈种地，小孩子不肯去上学，父母也不强求。挑挑猪草羊草的，几年一晃，长高些也就是个劳动力了。

而母亲却一遍遍地念叨：“十月初一早晨出太阳时出来的蛇，命好，要去学校念书。”说多了，我就想，我命好，不怕！硬着头皮去学校。

自卑往往与强烈的自尊相伴。在学校，同学说一句“病鬼子”的玩笑，叫一声“小黄毛”的绰号，我都会追打，最厉害的一次竟然打掉人家两颗牙。

母亲打我，骂我。但打完骂完，她还是流着泪跟我说：“你是‘十月蛇’，不能跟他们一个样子，你要读书的。”

在村里学校念完初中，我考上县重点中学。

进城读书，面黄肌瘦肤色黝黑，在城里学生中很突兀。自卑不时从心底泛起。

没有学过英语，上课听不懂，我想卷铺盖回家；没有做过实验，滴落的硫酸烧坏了棉袄，我想卷铺盖回家；看别人处处都强，我想卷铺盖回家。不知多少次，我都想放弃。但回家说与母亲听，母亲却说："你到学校看看，如果城里娃儿大多是‘十月蛇’，你就不念书。”

于是，遇到不顺，我就暗问一个同学。

还真是，按照母亲的说法，他们不是春天弱小的“蛇”，就是夏天忙忙碌碌还被打的“蛇”，要不就是冬天没得吃没得喝冻僵的“蛇”。

虽然随着年龄的增长，对母亲的话我将信将疑，但心里还是对自己说：“我是十月早晨的蛇，命好。”就这样一直坚持，成绩很快赶了上来，也越来越自信，顺利地考取大学。

前些天，兄弟姐妹相聚，妹妹又说到“十月蛇”的事。父亲却道破天机：“你妈从来不信算命的，只是看你哥体弱多病多愁善感的，骗他的哎。”

我一怔，泪在眼眶里打转。为母亲的良苦用心，为那份母爱的厚重！

岳母最后的时光

又是一年清明节。岳母离开我们已整整五年了。但想起岳母辞世时的情景却仍然让我们儿女唏嘘不已。即使到最后时刻，岳母还是从从容容要把快乐和祝福留给所有的后人。

岳父岳母养育了八个子女，为了抚育儿女，岳母很早就放弃了工作，家中一切均是岳母张罗安排。岳父老实本分，少言寡语。岳母却豁达大方，为人热情。两人性格迥异，却感情甚笃。岳母去世后，岳父日思夜想，竟在岳母一周年忌日那天随岳母而去。

岳母有气管炎、支气管炎，那一年临近春节引起心肺衰竭。为了省钱，开始她是坚决不肯去医院的，后在儿女的坚持下总算在医院里住下。但刚入院，病情便急转直下，很快就处于半昏迷状态。医生给她接上氧气，氧气过滤水发出咕噜咕噜的声响，昏迷中的岳母却以为是煤球炉上烧的水开了："国友啊，把水灌上……"一遍遍地叫着我的名字，一遍遍让我把水灌进水瓶。让我们又难过又感动。我是她最小的女婿，也是唯一家在农村的女婿，家里条件不好。但岳母却总是不停地关照妻子要好好照顾我，要孝敬我的父母，要尊重我的弟妹。旧城改造拆迁过渡时，岳母和我们住在一起。一生节俭的她就是这样每天盯着煤球炉烧水做饭，让我回家能吃上现成的。

岳母一生行善积德，从不与人发生争吵，邻里街坊的关系十分友好，对儿孙更是倾其所有，体贴入微。岳母半昏迷约一周后，突然清醒。刚清醒就很着急，说的第一句话就是："拖累你们了，让你们吃苦了。"而后就吵着要回家，"我晓得这一次不能过去了，不要在医院里浪费钱！"接着对后事进行安排。岳母打开一个藏在身上的布袋，我们全都惊呆了，黄澄澄的金戒指竟有十几只，孙子孙女外孙外孙女每人一只。岳母说："给孩子留个吉利，你们以后的日子会过得越来越兴旺。"靠岳父每月几百元退休金生活的岳母，最后给孩子们的却是如此厚重的礼物。

可能岳母有预感，也像她平时做事一样周全，料理交代完，她又再度昏迷。昏迷中还念念不忘要回家。最后心脏几乎就要停止跳动，医生也告诉我们回天无力了。我们只得尊重她的意愿。让我们更为惊叹的是，放下担架，迷糊中岳母又开口说话："到家了放心了，我走了，不要复杂，年前把事情做完，好好的过年啊！你们全有福呀！""帮我把好衣裳穿好，你们全去打麻将，我走我的，你们快快乐乐的啊！"原来，她早已把老年人后事所有该准备的全准备了，唯恐儿女们伤心劳碌。她安详地走了，没有一句痛苦的叫喊，没有一声抱怨，没有一滴伤心的泪水，有的只是这样一句句一遍遍的祝愿。

岳母离我们远去了，她无微不至的关爱，她可敬可爱的仁慈，她善解人意的和善却让我们刻骨铭心，也够我们儿女学一辈子的。

晒 幸 福

梅雨或大或小终于下完，久违的太阳一出来就热辣辣的。趁早上凉快，我早早上路。好久没有回家了。

九点的光景到家。院门大敞。

“嗳，‘六月六，晒红绿’，手脚快点。”这是母亲的声音，硬硬朗朗，响响亮亮。

“噢，门板搁好了，先晒着。”那是父亲的声音。我父母相互少有叫名字的时候，大都是用“嗳”来叫对方。父亲呢，无论什么事，开口就是“噢”地应答。

我知道，母亲又忙着“曝伏”了。

梅子黄熟的季节，阴雨连绵，乡人称“黄梅天”。我儿时，只待“出梅”，父亲便早早清扫院落，而后，卸门板，铺芦篚、席子，端上洗净的竹筛、竹匾，满院铺排。母亲把旧衣破衫、新鞋旧帽统统搬到院子，抱到太阳底下，举办盛大庆典般“曝伏”。

儿时，不知“曝伏”的意思，总感有些神秘的快乐。因为，兄弟姊妹多，家里很穷。“曝伏”这天，在母亲不亦乐乎的忙碌中，我意外发现母亲陪嫁的绣花鞋还有我幼时戴在脚腕上的小银铃等平时看不到的物件。

我立在院门外，想叫母亲，却又不由得停下来。也不知什么原因，人到中年后，我最喜欢看父母亲相搀相扶做事的样子。

“哎，你看，你看，老大的‘毛衫子’。这么小，穿身上怎的还空荡荡的？”老家把娃儿出生穿的衣裳称作‘毛衫子’，母亲在院子里指着我的毛衫子，叫父亲看。

“穷呗，怀老大时吃的全是萝卜缨子，娃怎养得好？苦日子你倒记不得了。”父亲笑着说母亲。

母亲从箱里拿出件旧衣：“望望吵，老大十岁不肯穿改把老二的，还不怎么破呢。”

这是母亲唯一的嫁衣改的。大红底子，上面有花，结婚时穿了一次，后来改了给我穿。可我稍稍长大后，怕同学笑话，很冷的天也不愿意穿，还与母亲发生过争执。

父母节俭，衣物寒酸，可依然忙得欢：“嗳，这是媳妇买给你的，你没穿几次，下次出客穿，娃的心意呢。”

母亲在院子里把衣物翻开、摊晒，不时拿下顶在头上的毛巾，擦手汗，唯恐汗沾在衣物上，“啧，啧，姑娘买给我们过七十岁的，想不到我们现在还过这样的好日子。”

“你望望，孙女旅游回来给你的帽子！”母亲拉过父亲，把太阳帽戴到父亲头上：“你噢，多福气，个个都想到你！”似乎有些嫉妒。

“嗳，说什么话啊，娃儿家来，开口就是妈，啥时先开口叫我的？给你买的还少啊？”父亲摘下旅游帽在手上把玩，“大暑天，太阳长，家家户户‘曝伏’忙，棉衣棉被晒太阳，箱里家底全曝光。”父亲竟说起“曝伏”时偷闲教给我们的童谣。

母亲大笑：“噢呦，老了还像个孩子，娃儿小时说得好着呢。”

父亲母亲在院子里说着，晒着，笑着。凳子、铺板、门板搁成的台面上，临时拉起的绳子上，竹匾、竹筛里，摆的、挂的，衣服、帽子、鞋子，父亲的、母亲的、我们儿时的，红的、绿的、黄的、蓝的，院子五彩斑斓起来。

门外，我泪眼蒙眬。

我一直以为“曝伏”习俗的形成是因住房低矮、阴暗潮湿，曝晒衣物是为防霉变。然而，看着热辣的太阳下，汗水洇湿了衣服，七十多岁的父母，忙碌着一点也不累的样子，忽然间我明白了，母亲为什么总把旧衣物一样一样收起来，年年晒一回。除了节俭，更多的恐怕还是那件件衣物里藏着父母的青春岁月，儿女的情感。而“曝伏”这一天，收藏于箱柜里的衣物与逝去的岁月一道被一一晒出，温暖与幸福也随着溢满庭院。

“曝伏”，原来却是晒幸福的好时光啊！

躲蒙蒙擒

媒体呼啦啦把“躲猫猫”这个词炒热了。而我，每每看到，便想起儿时常玩的一种很平常的游戏。只不过，我们家乡方言中把“躲猫猫”叫作“躲蒙蒙擒”。

我小时候的乡村实在是太穷。吃的不够，烧的也少。家家户户孩子都不少，少的家庭也有三四个。为了养活孩子，父母每天天不亮下地，天黑收工，整天在生产队干活挣工分，从来顾不上我们。于是，每天做完挑猪草羊草烧饭等活计后，无论白天抑或黑夜，我们都成群结队玩“躲蒙蒙擒”。

“躲蒙蒙擒”的游戏是先在地上划圆为营，而后进行分工。一帮躲藏，一帮找寻擒拿。迅速跑出的是躲藏的一帮。站在圆圈里互蒙眼睛不许偷看，直到躲藏的一帮躲好才能放开的，是找寻擒拿的一帮。

游戏刚开始娃们便使出浑身招数。躲的一帮刚跑出营地，找的人或提前偷看或急不可耐地喊：“躲好了没有？躲好了没有？”跑出去找躲藏地的娃儿如沉得住气，就不开口，边跑边用手势分工散开躲藏。有上当的，刚躲好就应答：“躲好了！”这时，找的人会根据声音迅速跑向躲藏地点。也有狡猾的，边跑边说：“躲好了！”而后迅速更换躲藏地点，这样找寻的难度就大了。

“躲蒙蒙擒”寻找藏躲地是要急中生智的。麦草垛、稻草垛、灶台后的烧锅草，都是“躲蒙蒙擒”最好的藏身之处。大树上、庄稼地、河边也是很好的掩护。甚至邻家的床铺下、羊圈角落也会作为隐身之地。

“躲蒙蒙擒”常用心理战。找寻的人抓到一个便会大呼其名，让藏着的同伴知道已暴露而全部出来投降。实在找不到，还会施诈，远远地喊躲藏人的名字，一声声喊：“投降吧，不出来就不理你了！”躲着的孩子如若憋不住，也就真的出来而束手就擒。

“躲蒙蒙擒”更多的是富有戏剧性的情景。有时所有藏的人爬进一个草垛，找的人耳朵机灵些，会发现草垛里传来的窃笑声。而发现草垛里轻笑成一团的人后，独自出来擒拿的人甚至会“叛变”钻进来，在里面推推闹闹，乃至闹到草垛倒下才罢休。

“躲蒙蒙擒”最热闹的是躲藏的人被全部揪出时上演的声势浩大的追逐。几十个男娃女娃，奔跑、撕扯、尖叫、起哄，那场面真是惊心动魄，笑声连天。但也有想来哑然失笑的。有一次，实诚的我躲在草堆里没出来，却不知找寻的人早已事先商量好，找也没找就回家睡觉了。我却一直躲着，最后竟睡着了，直到父母找到才被叫醒。

也许是各地孩子的玩法不同，“捉迷藏”“躲猫猫”这样一个乡村孩子的游戏有多种叫法。家乡方言“躲蒙蒙擒”我一直只知音不知写法。我想，据其音写成“躲蒙蒙擒”比较符合蒙着眼睛，然后去找寻捉拿的游戏规则。

网络热词，勾起我对曾经最爱的游戏的回忆。仔细想来，当年贫穷而没有文化娱乐活动的我们，也就是在如军事演习的“躲蒙蒙擒”的游戏里，和对方斗智斗勇，比耐力、比体质、比速度，从而锻炼了我们的意志品质和集体协作精神。看现在的孩子只能在电脑上玩虚拟的游戏，再没有如我童年“躲蒙蒙擒”那样的声势浩大和酣畅淋漓，心里竟有些许惋惜。翻出脑海中微微泛黄的老照片，写出以上文字，给现在的孩子看看。

舞　水

春去夏来，不由得就渴望去“舞水”，真想再次与水那样亲近一回。

我家在苏北一个曾叫董贤镇的地方，离董永巧遇七仙女的老槐树不远。

这里河网密布，沟渠纵横，常有人溺水。于是，让娃儿学会“舞水”便成为家长的要事。夏日里长辈们往往开口就问：“可会‘舞水’？”娃们都骄傲地抬头、挺胸：“会！”

家乡方言中的“舞水”，似乎与游泳的词意相近。

淤泥为农家肥之本。儿时，岁岁冬闲，社员晨起，百舟竞发，将河底淤泥罱上岸与青草、柴灰一起垩肥。河道便碧水自清，鱼虾悠闲可见，成为天然的泳池。

小娃儿中，小林“舞水”最厉害。会悠悠地踩水，如在水中行走，两手举物也不溅湿。早稻花还没开他便下河，洋洋得意炫耀引诱我们。岸上，我们心里痒痒的，急问：“冷不冷啊？”他在水里高叫：“一点不冷！”等我们扑通通跳下，才知水其实还很冷。大家便骂他，边骂边游嬉戏开来。等了一冬一春了，哪怕是嘴唇冷得发青，也没人上岸。只有父母发现，才被迫上岸连人带裤一起晒太阳。

每年“舞水”的序幕就此拉开了。

夏日里，村里娃儿“舞水”，往往天明下河，日暮出水，终日戏于水中，废寝忘食。到了盛夏的午后，门前的河就十分热闹了。岸上一堆堆的蓝色裤衩。水里，几十个光着屁股的娃儿如浪里白条，相互在水里追逐游戏，撩起白花花一片水。

家门前的大河河深水宽，建有“大洋桥”。那时极少有水泥桥，而我家门前的水泥桥近二百米长，有桥洞十六个，来往的人便称此桥为北湾子“大洋桥”。

记得是一九七七年的七月，全县在这里举办了游泳和跳水比赛。从未见过大世面的我们眼界大开，原来，水还可以这样“舞”？

我们开始学青蛙般游着的蛙泳，学两臂水下交替的自由泳，学此下彼上悄无声息的潜泳，学悠然省力浮在水面的仰泳。

最难学的是跳水。没有跳板，更没有跳台，我们只能就地取材。胆小的我，从农船头跳下。有点胆却不大的，则将岸边柳树作板，脚蹬树弹，借柳树的弹力飘然而下。胆大的如小林他们则像比赛的人们一样，从“大洋桥”上飞身下水。有时，十几个人排起队一个个纵身一跳，高低不同，惊险各异。扑通扑通的声响，娃儿的高叫声、欢笑声，谱成了一首轻快欢乐的乡间“舞水曲”。

更有乐趣的“舞水”是互相比试“躬猛子”（潜水）。时间长者为赢家。要小聪明的刚潜下就上来透口气，水下的人也发现不了。待人家欲露出水面，他则迅速潜下，当然能赢得胜利了。“躬猛子”最大的收获是顺手捧螺蛳，挖河蚌。但最刺激的是潜下的人把水蛇当鱼捞上来，吓得连忙使劲远远地扔掉，让其他娃儿笑得半死。

我喜欢仰着躺在水面，随波逐流。身边河水清澈，舟过鱼伴。侧看岸边绿树成荫，鸟飞蝉鸣。仰望天蓝云白，桥似彩虹。美妙的意境，将穷困生活的烦恼怡然而忘。

大呼小叫，无所畏惧翻滚入水，在水中或立或坐，或走或蹲，无拘无束，熟稔自如把水摆弄，手舞足蹈似在水中舞蹈。我们融入了水，水也融入了我们的生命。

查词典，游泳解释为人或动物在水中游行，而家乡方言中的“舞水”其实说的是我们童年水中所有的嬉戏，我觉得比起“游泳”一词恐怕要来得更加灵动，更加传神。

孩子，我也是第一次做父亲

孩子，你刚才悄悄走到我身边，发现你的忐忑不安，我也忐忑不安起来。

你递上杨子的《十八岁和其他》，要我看，看过了再写篇体会文章。我便仔细研读。对你说的每件事，十七年来，我都是这样认真对待的。

说实话，我曾因为工作见过许多在法庭上哭泣的父亲，或为过于严厉，或为过度溺爱。他们为自己没有帮孩子把握好人生懊悔不已的样子常常让我惶惶不安。我也是第一次当父亲，唯恐哪里不对影响你一生。正如你调侃我的：做称职的父亲难，做好父亲更难。

孩子，当你总是忙于学习而不顾身体时，我就很担心。身体是所有理想的基础，没有好的身体，一切皆会变为零。我是在人到中年时才明白的，所以，想放在前面告诉你：无论成绩如何，我最大的愿望还是你永远健健康康。

杨子在文章中谈到竞争，谈到读书的苦与乐。我知道，你是深深懂得读书的重要的。但我想说的是，读书不仅是为了竞争。文凭只证明学习的经历，并不能证明你的才华，说明你能做什么，更不能说有高学历就有了一生的幸福。

所以，我的另一个愿望就是：你要每天快快乐乐。要快乐，除了发现知识的趣味外，我以为千万不要把读书看成残酷的竞争。要学会倾听，学会尊重、宽容别人，自己就留下一片海阔天空，将来生活中才有好人伴在你身边。即将步入十八岁的你进入了高中，首要的是要与同学一起快乐读书，在读书中感悟人生。

孩子，十八岁该是多梦的年纪。但我总觉得这个时代让人过于现实。物质的蛊惑力很强，收入多少，地位高低常常会作为衡量成功的标志。考理想的大学，找很好的工作当然很好。但保持做人的尊严和内心的快乐，不断追寻自己的梦，才是幸福的源泉。不过于现实并不是说不要踏实。相反，踏踏实实做好自己想做的每件事才能在眼花缭乱的世界立足。不轻视平凡的人，不投机取巧，才会避免浅薄和虚浮，才会让你变得充实而心灵丰富。

还有句话也想说说。你即将步入成年，特别是进入高中，你渐渐会遇到比你强，比你优秀的人。我在十八岁从农村出来的时候，这样的问题曾让我沮丧和自卑了很久。现在我才明白，其实，每个人都是在比较中进取，战胜自我的。话题说得沉重了些，还是唱首《Everyone is No.1》给你吧："我的路不是你的路，我的苦不是你的苦，每个人都有潜在的能力，把一切去征服……不需要自怨自艾的惶恐，只需要沉着，只要向前冲，告诉自己天生我才必有用……Everyone is No.1，第一名属于每个人……"

孩子，你是个积极进取而且优秀的人。谢谢你给我看《十八岁和其他》，你的忐忑不安让我也忐忑不安，并不是因为文章中一个父亲的话，而是因为我也是第一次做父亲。你的不安让我感觉到你的长大和与我的隔膜。

另外，想起常常有人说到人生起跑线的问题。我想说，人生就是一次长跑，没有输在起跑线一说，你说呢？我们随时都可以起跑。只要努力前行，终将享受努力奔跑的过程与幸福。

孩子，说实在的，我也在努力学习做一个父亲，也在努力争取做一个称职的父亲，如果能得到你的肯定或是表扬就更好了，那样我会认为自己做了一个好父亲。

当然，不管你怎么评价，我都要学着做个好父亲。让我们一起努力吧！

“首阅权”争夺战

“谁动了我的报纸，我警告你们，今后晚报到家，我第一个看，而后你们再看！”下班回家，我嗓门很大地叫着。

饭菜已经上桌，等我回家吃饭的妻在一旁瞪着眼：“一份报纸被别人看了再看有什么关系，要发这么大的火？”

放学了就钻进书房上网的女儿听外面我以从未有过的音调说话，转过头来：“你婆娘先看的，怎么了呀，吵什么吵，本姑娘还就是不服。我宣布，从现在起，任何报刊，我看‘第一手’，你婆娘看‘第二手’，不要以为你怎么了不得了的！”女儿丢下鼠标，跑过来跟我较上了劲。

火药味瞬间在家里弥漫。妻手足无措，这段时间她已经愁死了。

上初二的女儿身高直往上蹿，可脾气也随着个头儿一起窜。没有几天就期末考试，眼看就要上初三，孩子却突然地迷上了上网，看电影、打游戏、与同学 QQ 聊天、听歌……任课老师打电话：“你家小孩儿上课总睡觉，说了她还跟老师发火，你们要管管的。”班主任老师来家访：“原来各方面表现很好的一个女孩子，知道不，昨天还叫了班上几个男生出去到网吧上网，突然变得我都不认识了。”

到处风声鹤唳，妻已跟我唠叨多次：“求你了，业余暂时不要写作了，可不能只顾自己误了孩子。”有时看我见怪不怪、不紧不慢的样子，竟是泪水涟涟：“再这样下去，我把电脑给砸了！”

“不行，我看的都是旧的，以后，谁也不准先看，邮递员送来，你先给我收好，你们又不写作，看什么先看！”我对妻吼：“给我寄的样报样刊，你们都先拆了看，我以后还怎么写作？”

妻的泪又下来了。女儿脾气见长，动不动发火也就罢了，今天就为了谁先看报，我的反应也让她心里相当难受。

“哟，哟，现在都进入全民写作的时代了，三岁的娃儿都能上网发个帖子，别把个写作搞得那么神秘好不好，你早就‘OUT’了，天下就你一人会写作？呸！会说话的会认字儿都是作家！”女儿的声音又高又尖，比我还大：“我的老娘哎，平时倒像更年期，啰唆得不得了，现在咋像幼女期，你有话语权的，跟你男将(方言，指男人)斗煞。”

妻摇头，只是流泪：“两个祖宗，不要争了行不，一本书谁先看谁后看还不是一样？”

“一样？你看看，这些日子我大报名刊一篇稿都没上，你们先看，我的灵气都给带跑了。都是你，连份报纸都看不住！”我火冒三丈，对妻拍了桌子。

“今后，但凡有报纸、有杂志，我看一手，任何人别想心思。不然，本姑娘就不客气了。”女儿桌子拍得更响。

“饭菜凉了，吃饭了，不要再争了好不好？”妻拉拉我的胳膊，拍拍女儿的肩。

我无言，怒在脸上。女儿无语，怒在筷上。碗可受了苦，不时被敲击发出愤怒的声音。

从此，我与女儿争抢订阅的六种报纸杂志和给我寄的样刊样报“首阅权”的战争始终没有停息。但多以我的失败而告终，大多情况下只能等女儿清理房间或是有意刺激我而丢出来时我才能看到“二手”报刊。

女儿呢，为了这“首阅权”，放学回家第一件事就是把当天的报刊全部拿进房间，为了“首看完毕”，甚至耽搁了上网。

在女儿的叛逆期，我就这样巧借叛逆，让她养成了读书看报、锻炼身体、烧饭洗衣等习惯，不知不觉中，把网瘾给戒了。平稳考上重点高中后，她还常常深有体会地告诉家中亲戚的小孩子：网瘾害人，差点误了本姑娘的前程。现在，她整天有条不紊地忙自己的事，除了查资料，难得坐在电脑面前。

儿　年

小时候，一进腊月，母亲就反复说："腊月黄天，说话应天，细伢儿不作兴骂人。"千叮咛万嘱咐的样子，让我们觉得过年是神秘的事情。

劳累了一年，家里还是穷，父亲自然没有好心情，也不做过年的准备。母亲就劝他："儿年，儿年，过年就是让细伢儿有些巴望的。"

于是，父亲思想就有些通了。他在集体分的黄豆、蚕豆秆里找，带我们在屋前屋后扁豆、豇豆的枯藤里翻，找寻出些漏网的黄豆、蚕豆。母亲也拿出藏着的玉米、瓜子甚至几粒莲子。找找寻寻中就到了腊月初八。再剥一小把自家门前河傍上长的花生，春节的序幕也就拉开了。

母亲很早起来，敲开门前小河的冰冻，把准备的东西淘洗干净，大火煮细火熬。我们被满屋香味弄醒，迅速起床，围着锅台转。母亲就说："大邋遢，小邋遢，沾布一沾就腊八。"母亲称腊八粥为"邋遢粥"，说的沾布就是抹布。说大邋遢平时懒，连沾布也懒得洗。小邋遢神气，天天把灶台沾布上的豆子啊，瓜子啊积下来，到了腊月初八，把沾布扔到锅里煮，就有了邋遢粥。故事有趣好玩，邋遢粥香甜好吃，我们反倒把母亲告诉我们要积少成多的话忘了。

腊月里的每一天，母亲都安排了事儿。她说："破衣拆拆做新鞋。没钱给儿添衣裳，大的改小，反面做正面就是新。"早工前，父亲拆破衣，母亲糊浆子。晚上，母亲在煤油灯下画啊剪啊，让我们兄弟姐妹心里就又多了些对新衣新鞋的盼头来。

“腊月黄土贵三分。”到了腊月初十，父母亲就赶我们做事了。

父亲去代销点买张红纸回来裁好。而后叫我找铁打，把尖的一头锤扁，磨做成大小不一的凿子。母亲画样子，我们把花样放在上面，兄弟姐妹轮流凿。三五天里，过年贴在门棂和窗户上的漂亮的“喜钱”就有了。

在这前后的日子，父母亲就跟我们说，有个叫“年”的怪物，专吃不孝和没良心的人。过年这一天，贴上红红的“喜钱”，一家人和睦团圆吃年夜饭，“年”就晓得这家人不曾犯嫌惹祸，就不来吃人了。甚至讲某地不孝之子，被“年”吃得只剩下几根头发，有鼻子有眼，说得我们汗毛直竖。

也有好笑的。下雪天，父亲会说，天老爷看有人吃不饱，就下很多面粉给人过年。可人太贪，扫了自家门前的，又去抢人家的，打得头破血流。天老爷想，不下面粉就下雪吧，看那些贪心的人还抢不抢？

对联、门神、年糕、汤圆等每一样都有说法、有故事，转眼就到了送灶的日子。父母亲说，这天灶家老爷上天向玉皇大帝禀报工作，这家人吃得差了，灶王爷会打小报告。吃得太好，他又会说人间日子过得好而不问凡事。我家请他吃青菜豆腐，让他“上天言好事，下界保平安”。其实，在那个年代，我们觉得这已经是很好的吃食了。

接着，“掸尘”清扫陈年积垢。父母亲说能掸去秽气、穷气，我们便越发卖力清扫。而后就是磨豆腐蒸团糕了。在这之前，父母也一再地交代，不能问熟不熟，不然豆腐不香团糕不熟。磨豆腐蒸团糕整个过程香气扑鼻，烟火氤氲，再加上不能随便说和问，让我们一直处于一种神秘的气氛中。

二十八，洗邋遢。有钱没钱，洗洗过年，这天也是盛典一般。家中点上一堆火升温，父母在阳光下帮我们理发洗浴，再洗衣裳被褥。

二十九，祭祖。供祖宗亡人，烧纸钱，很隆重，父母亲再将祖上的事儿说一遍。就这样，我们迎来新年。

如今，不少人感觉过年没意思。而在贫穷岁月，寒冬腊月，许多的民俗俚语、谣谚传说却让儿时的我们仿佛生活在童话般的日子里。迎新年的过程，像古诗，像故事，像寓言，神秘而又庄重。这也许是我母亲把过年叫作儿年的缘由吧。

暴雪融坚冰

没想到一夜下了这么大的雪。

“孩子都10岁了，还没有见过雪呢！”她说。

“嗯！”就一个字，礼节性的，他不愿与她多说话。

其实，最不愿说话的该是她。她的心早已结了冰，又冷又硬的冰。她本不愿意今天一起去法院，后来还是答应了他。自己也说不清怎么就答应的。

上了车，她坐后面。他关上车门，她居然笑了笑：“挺积极的嘛，大雪也要去！”

他青着脸：“法院开庭时间哪能随你定的。”于是两人都不说话了。

路上很滑，车轮老是打空转。他嘟囔一句：“这鬼天！”就沉默了。

“慢点开，看看雪景吧。”她越来越感觉到冷，真不希望车开得太快。她怕，去了法院，她与他便不是夫妻了，再不能常相见。想着，又打了个寒战。

车慢慢爬行，一路沉默。前面的车都停下来，他不得不停。“嘟，嘟！”他不断地按喇叭，心急如焚。车队还是没有一点前行的样子。

她也急起来，但仍然努力地去看窗外雪白雪白的积雪，公路两旁树上的、田野上的、远处农家房子上的。雪景真的很美，到处都白，纯纯净净的，见不到一点杂质。

她想到他们当初的爱情，也和这漫无边际的白雪一样，浪漫纯净。她和他是大学同学，她漂亮，能歌善舞，成绩骄人。他帅气，擅长运动，足球、篮球都玩得转，校刊上还常有他的诗。他承诺爱她一辈子，爱到地老天荒。

可是，没等到地老天荒，才十几年，他就移情别恋了。他跟她说，分手吧，很冷静的样子。她没同意，可还是收到法院的传票。

雪，白晃晃的，刺得她眼疼，有泪滴落下来。

16个小时过去。她下车，走了很远，摔得鼻青脸肿，买了碗方便面给他。她自已没吃，吃不下。

他看她一眼，心动了动。

“要上厕所。”18个小时过去了，她实在憋不住，脸涨得通红。

他突然想起恋爱时也有一次外出游玩，他让她蹲在大树下，然后自己挡着。他还记得当时他说：“你只属于我，不容他人看到。”

“在山坡后解决吧，我望风！”他对她说，心又动了动。

再上车来，交通台在播暴雪警报：因积雪冰冻，所有公路封闭，部队都上路救灾了。

“关了空调吧，如果油没了，路通了也走不了。”雪已成灾，他凝重起来，关了空调。

半夜时，她见他不住地抖，就抓住他的手。这是分居一年多来第一次这样亲近。他有了温暖的感觉。她见他没拒绝，心里也暖和起来。

48个小时过去了，他下了车，到处转。发现有条废国道就在不远处。或许，从这里可以走出去。

启动，打方向盘。她劝他等等，警方不断地提醒注意安全，她担心。可是自信的他没听。

车爬行着来到一座桥，很陡。他努力地想爬上去，却又急速滑下来。他踩了刹车，车刹那间在路的冰面上转圈。“轰！”瞬间他失去了意识，车翻下河。

醒来时，他发现身子是躺着的，在驾驶员座位中间的空档与后面座位之间躺着，唯有这姿势才能保命。废河没有多少水，车头深深地凹陷了进来，腿还在里边。

他拨开她紧护着他头部的手。她还没醒。他轻轻叫着个英文名字，那是恋爱时他给她取的。

“你还活着！”他叫醒她时，她说了一句话，泪又流下来。她没受伤，是吓昏的。

他只是腿受外伤，从凹陷的车头里拖出腿，对她说：“我们回家！”她什么也没说，她听到他叫她那个英文名字时，心里的坚冰开始融化。

“我们回家！”他又说。她的泪流出一串来，温温热热的。

一碗鱼汤面的幸福

开春又是雨又是雪，让人感觉比冬天还冷。

已是下午一点了，他和她有说有笑走进一家叫作“玉带”的茶馆。他说：“人家说，东台的鱼汤面‘吃一碗，想三年’，很有名呢，吃一碗吧。”

她看了他一眼，似乎是下了决心：“好啊，你在风里忙了一上午，饿坏了吧。”

“没，没有，你爬上爬下拎掉几翻车混凝土，哪里吃得消？”他有些责怪，轻轻嘟囔：“又不是城里的女人要漂亮，早上你就吃那么一点点粥。”他和她说着，在小茶馆的角落里坐下来。

她去买面：“鱼汤面多少钱一碗？”“两块五。”茶馆里的人答。

她咂咂嘴，脸红了，回到角落里，眼角朝旁边看了看，悄声问他：“两块五呢？”他反应很快，态度坚决：“两块五就两块五，买一碗，你吃，我吃家里带的饼。”

她一笑：“舍得些吧，一人一碗，好不好？一个人吃一个人看，哪吃得下？”

他回应个笑：“还是一碗吧，娃儿明年考大学，要多少钱还不晓得的。”他起身想去付钱，她按住他：“你歇歇，下午还有几千块砖要砌。”

她又去买面：“能不能买一碗分成两碗？”话一出口，她感觉自己真的很聪明。

茶馆在城边上，紧靠着城南的菜场。茶馆的人懂得她的意思：“行啊，我送半碗鱼汤。”

她再回到角落，兴高采烈地告诉他：“买了一碗，分两份，人家送半碗鱼汤呢。”

热气香气直冒的鱼汤面上桌了。一碗的分量，分成两碗，加上送的半碗鱼汤，浅浅的两碗。她由衷地感觉到这个店好，他也是，两人连连致谢。

他把自己碗里的面搛她碗里，她不肯，但看他不容置疑的样子，就没再吱声。他掏出早上她在家摊的饼，掰开，放进自己跟前的碗里。

“真鲜，鱼汤面好吃呢。”她美美地吃了两口，突然想起什么：“人家说，‘吃碗鱼汤面，赛过老寿星’，鱼汤有营养哎，我吃面，倒点汤给你。”

他不允：“鱼汤泡饼，比你的鱼汤面还好吃，说不定以后也要出名的，你试试。”她只得再吃，又停下来，抬头望他：“吃不下了，面太多，吃得肚大腰圆的不好。”

他好像很生气了：“吃这么少，减肥准备再嫁人啊？”她在桌子下面用腿碰碰他的腿，嗔怪道：“瞎想八道的，热汤还烫不住嘴。”

他咧嘴笑笑：“那你全吃掉！”她埋下头吃起来。他也埋下头吃起来，也用腿在桌子下面碰碰她的腿。乘他做小动作，她倒了些鱼汤搛了几筷子面到他碗里。

她吃完，满面红光，浑身溢发热气，特感舒服：“走吧，工地上恐怕要开工了。”他轻轻啜了最后一口汤，惬意舒畅回味无穷地哈了口气：“好啊，抓紧做活计吧。”

我们常常以为，海誓山盟、鲜花美酒才叫爱情，腰缠万贯才有幸福。但一碗平平常常的鱼汤面，一些平淡话语里的牵挂和关心，仅有的一碗鱼汤面也可以如此温暖。

鱼汤面很有名，汤白汁浓，滴点成珠，厚实地道，鲜美无比，吃一碗唇齿留香，热力透彻骨髓。但其实做法绝没有什么秘方，用鲫鱼制汤都嫌奢侈，仅用鳝鱼骨等边脚料反复熬制就成了。我想，也许真正的爱情、真正的幸福，也就像这鱼汤面一样简单，但暖心，暖肺。

行走在乡间小路

人到中年，却经常想起小时候去上学时父母教我走路的事来。

我的家在范公堤西，是典型的水乡。艳阳高照，乡间阡陌，羊肠小道，少不更事的我们一路上追逐嬉戏去上学，乐趣横生。但一遇雨天，水乡特有的黏土，雨水一泡，黏黏的，泥泞不堪，一脚下去，满脚满腿的泥，甩也甩不掉。更糟的是，我们走路总喜欢连跑带跳，摔得满身满脸泥就是家常便饭了。特别是长长的梅雨季节，手一摸到处湿湿的，也就很少有不摔跟头的日子。后来路修宽了，我们更没有走路的样子，越发地疯跑，更是摔得多。

临出门，父母总是左叮咛右嘱咐。

“走路不要老走中间，要从路边走。边上野草多，磕磕碰碰，就不得跌!”父母们知道，水乡路边长满原麻草，厚厚软软的，走那上面当然不会滑倒。

“路边砖头瓦砾多，不要把脚戳破……”一年四季中，我们乡下小孩娃子大多时间是光着脚的，父母一吓唬，我们也会慢许多。

“不要走那个大路，平路大路，走得快，粗心大意疯跑，哪有不跌的道理。走小田埂子，路难走些，格外小心谨慎，反倒不会摔了。一定要记住……”父亲母亲把经验传给娃子们。

我哪里听得进这番道理，颇有些不耐烦，觉得他们啰里啰嗦。即使听上一句半句，也是东边耳朵听西边耳朵出，不往心里去的。

现在想来，却又是另一番感受。父母的话何尝不是他们自己用旧日时光换来的经验与教训，何尝不是充满人生哲理的？

我们常常在心中为自己祈祷：愿自己人生之路没有挫折没有羁绊一帆风顺心想事成，有人生意兴隆财源滚滚腰缠万贯，有人仕途坦荡官运亨通连升几级。但我们又不能不面对这样的现实，发财升官太顺利反倒最终败于财和官。

所以，在人的一生中，不要担心艰难险阻。应对危机，人会多一些磨炼，会在不断与困难的斗争中约束自己锤炼自己。艰难曲折也是一笔宝贵的财富，它会让人的心智成熟起来，即使在功成名就到达胜利的彼岸时，也能让我们有平和的心态，不张狂。缺少了这种磕磕碰碰，人生之路免不了要摔跤。

第三辑　善行只是心和手的事

笑比电便宜，比灯灿烂

休息日的早晨，朋友急着要上班，老母亲却突然晕倒，急得直转。

我说："我去给你请假，请不到就给你顶班，你照顾母亲得了。"说着，我拿起朋友的保安服奔向他工作的写字楼。

说明了情况后，保安班长说："临时调人也难，今天休息日，上班的人少，外来办事的也不多，值勤任务不重，你就顶班吧。"

临时当起这幢写字楼的保安，我与值班的保安班长在大门边站开来。

朋友曾告诉过我，这幢高层写字楼有七八个单位租用，办公人员既有公司员工，也有机关公务员。保安的主要工作就是查验出入证，对非本楼工作的外来人员进行登记，维持秩序。

有美女骑单车从容地奔大门而来，就要到大门的时候，她降了速，直至停了下来。我想，作为值勤保安我该打声招呼吧。

然而，我还没出声，美女却嫣然对我一笑，还整理了一下装束，让我倒有些不好意思。更让我想不到的是，她对着我又一次摸摸脸，理理被风吹乱的头发，拉拉衣角，又抿着嘴微笑，而后又对我眯起眼睛，笑。

"早上好！"我连忙打招呼。

哪知这招呼吓着她似的，她瞬间收回笑容，愠怒地举举出入证，扫我一眼，走了。

我愣着，有些想不通。对面的班长笑笑，指指我身后。

我恍然大悟。原来我身后的大门柱子是面镜子，那美女是趁这短暂的停留照镜子，酝酿表情。

真是自作多情！我想着，心情有些郁闷。

又来了一位，竟是我认识的在这幢楼上班的一位领导。他从我身边走过时，我挺直身板，微笑，行礼，响亮地对他说声："您好！"

他似乎什么也没听到，并没有感到我这个保安的存在和热情的问候，也没出示出入证，只是一脸凝重，目不斜视径直走了进去，留下冷冷的后背。我尴尬地立着。

一辆车开过来，很熟练地把车停在泊车的位置，两位小伙子有说有笑，热情飞扬，表情生动地走近大门。

"早上好！"我继续热情地招呼。

就在我热情的声音传出去时，俩小伙突然收敛表情和动作，像戏剧里的变脸术一样，瞬间变得平静甚至冷漠，挺了挺胸，不屑一顾地走入大门。

半小时后，轮值休息。也许是笔直地站太久或是初次当保安紧张的原因，我的小腿有些酸痛，天虽冷，还是有些微汗。

休息日早晨进入写字楼的人很少，来的都是加班的，没有外来人员。可是，半个小时里，十几人进入大门，无论我什么表情，他们或面无表情故作威严，或两眼发直眼睑低垂。我说到这些人的表情，保安班长竟有些惊讶："对保安笑，哪能啊？"我的心情一下子灰暗起来。想起苏格兰谚语说：笑比电便宜，比灯灿烂。

朋友的微笑传递真诚，同事的微笑传递热情，领导的微笑传递亲善，陌生人的微笑传递友善。看到微笑，报以微笑，简单而又快乐的事儿。短暂的保安工作的体验，让我内心里想发出一种声音：所有从保安面前经过的人们，好想好想见到你们的微笑。放下严肃的脸庞、锁紧的眉宇吧，笑一笑，传递一份真诚与温暖。况且，发自内心的一笑，会让自己灿烂温暖。

说 和 谐

我们的先人真的让人敬仰，造出温温暖暖的“和谐”二字。

且看这“和”字，一禾一口，禾即粟，口即食。但凡经历过食不果腹的人都知道以禾填口万事自然和。再看这“谐”，一言一皆，人人都说话，比比皆白话。掏心窝子说真话好言好语来沟通，万事自和谐。

政治的经济的哲学的，象形的诗意的生活的，仓颉把和谐二字造得其妙无穷无与伦比，英语单词“Harmonious”，说的是和谐的、悦耳的意思，一堆字母，看了也就看了，却是没有深度没有底蕴的。

先人说和谐真的是大智大慧，要不然至今还有人不能明白这个理儿。

查《辞海》注释，和谐就是和衷共济与相互谐调。亦理解为人与物、人与人之间的和谐。

“和”可组成的词语：和睦、和蔼、和善、和畅、和悦、和合、和美……不能不让人惊叹。

“谐”可组成谐调、谐婉、谐和、谐美等词语，每个词读起来都让人愉悦。更有“琴瑟和鸣，黄钟大吕”“和风细雨，桃红柳绿”，又怎不让人对如诗如画的和谐景象浮想联翩。或看“和谐”，或念“和谐”，温馨、温和、温情油然而生。

难怪陶渊明梦寐以求世外桃源般的和谐社会：“土地平旷，屋舍俨然，有良田、美池、桑竹之属。阡陌交通，鸡犬相闻。……黄发垂髫，并怡然自乐。”

桃花源总是激起人们的向往。乡村游、生态游……即使在现代，追求“怡然自乐”的和谐，现代人心底也不时地泛起这种向往。

现如今，会议讲新闻说，从街谈至巷议，“和谐”二字炙热起来。对于普通老百姓，直接的感觉与希冀只是家和万事兴，生意和气生财，遇事和为贵。而后，才会慢慢领悟生命和则康，夫妻和则寿，家庭和则福，自然和则美，社会和则安，国家和则强等等的大道理。

“和谐”成为叫得最响亮的词汇是百姓的幸事。而说这个词的时候，更要保持内心的宁静平和与中正，欣赏着理解着尊重着亲爱着包容着轻轻说来，才能说得心柔情温春风拂面，才能说得清晰而有意蕴，才能说出“和谐”二字的状态境界，也才能说出踏实、安宁、舒畅、太平与兴旺。

脚手架上“青花瓷”

夏晚，闷热，似乎一场大雨就要来临，让人烦躁不安。

我一路走走停停散步，来到个很大的广告牌前。

“贵府花园，尊贵的象征。”广告牌上的字很大，背景是别墅区效果图。其实，不看图，我也能想象绿草如茵，溪流弯绕，红瓦白墙别墅区的豪华与尊贵。心想这样的生活似乎离我很遥远，有点郁闷。

“素胚勾勒出青花笔锋浓转淡，瓶身描绘的牡丹一如你初妆，冉冉檀香透过窗心事我了然，宣纸上走笔至此搁一半……”是谁在唱周杰伦的《青花瓷》，声音若隐若现。唱得不专业，但有中国风的味道，我燥热的心底瞬间有些许颤动。

歌是从广告牌背后的工地上传来的。

夏日天黑得晚，瓦工们仍在忙碌。歌者也是瓦匠，手握泥刀，斫下砖头，比画比画，再用泥刀从灰桶中挑出沙灰，抹在砖上，按下，敲实。

他未注意到我，很投入地砌墙，很投入地唱歌。微沙的音色，与周杰伦蛮像。夜色渐浓，工人们还没收工的意思。我知道，不到天完全黑，他们不会收工的。

多苦啊，想起我曾经的日子。

二十年前，为了学费，我也曾去建筑工地做小工。早上天未亮步行进城，六点钟上工，晚八点收工，近十点到家。挑石灰、搬砖头、拌混凝土，异常的沉重与劳累和肩膀火辣辣的刺痛让我时刻想逃离。

如今，那段经历已很遥远，但觉得一路奔跑目标却愈来愈远。

“要下雨了啊，早点收工吧。”有声音喊。

歌停了下来：“我把这一砖砌到头啊。”脚手架上，那唱歌的应一声。我看他年龄该与我相仿，虽然看上去比我老了许多。

歌又起，大概是第三遍了：“天青色等烟雨而我在等你，炊烟袅袅升起隔江千万里，在瓶底书汉隶仿前朝的飘逸，就当我为遇见你伏笔……”

黑的夜来了，城市里华灯溢彩。唱歌的瓦工收拾了工具，从脚手架上下来，迈着轻快的步子，走进工棚。

待他从低矮的工棚出来，我眼前一亮。路灯下，红 T 恤白裤子，头发显然在工棚里洗了整理了的，很时尚，快男的那种。

“天青色等烟雨而我在等你，月色被打捞起晕开了结局，如传世的青花瓷自顾自美丽，你眼带笑意。”瓦工根本没有注意到我一直在听他唱，一直在看他，他跨上电动车，继续着脚手架唱的《青花瓷》，踏上回家的路，一副心满意足的样子。

烟雨朦胧，水云萌动，依稀可见白衣素袂的等待。我一直以为，《青花瓷》暗藏着的是宿命的纠缠，传递的是淡淡的散不去的哀愁。但脚手架上的《青花瓷》，却仿如微风中静静流淌石上的山泉溪涧，清冷与蜿蜒中多了透亮欢快，恰似“自顾自美丽”的青花瓷极品，铅华洗尽，清新流畅。

肯德基是什么鸡？

老家房子要整修翻盖，夏日的早晨，我到附近的砖瓦厂买砖瓦。

对砖瓦厂我是既陌生又熟悉。陌生，是因为我从没来过。熟悉，是因为我父亲为了我们兄弟姊妹生活和上学曾在这里干过十多年。

开完票交了钱等待装车的时候，我打量起我父亲苦钱的这个地方。

高耸入云的烟囱下，抽风机呼呼作响。十六门的窑，四门窑火正旺，四门正出砖头，还有四门在装进砖坯。附近制坯间，工人们忙着制坯，一派繁忙。现在是机械化制砖，泥、煤搅拌后传送带送进机器，框架打开，几十砖坯便落在一块板子上，而后，放在平板车上拖去晒太阳，晒干了再送进窑里烧。

晒砖坯的场子很大，有几十亩地。站在中间的路上，看着来往穿梭奔跑的人们，想象我父亲当年在这儿打工的样子，我心里很是酸楚。当年，就是凭着吃饭后生出的力气，父亲用青春，用忍耐，用汗水，让我们过着平安踏实的生活，甚至奢侈地上学读书的。

太阳无情地炙烤着，人未动，汗却一点点滴下来，我不由得想找阴凉地儿等装车。

“看你像我同学呢！”一个奔跑着拖砖坯的人突然在我身边来了个急刹车。他皮肤黑黝黝滑腻腻的，一绺绺的汗从脸上背上流下，浑身都是汗水和泥灰水。

“你跟我小学、初中都同学呢，记得啊？”如果不是他的提醒，我真的认不出他就是林。林与我一起上学时，成绩很优秀的，只是上到初二时，他父亲帮人家建房时摔成了植物人，他主动辍学挑起了家中重担。

多年不见，我们聊了起来。

“我原在制坯间的，前年加班打瞌睡，两个指头被轧掉一半，就拖砖坯。”猛然停下的林喘着气，笑容可掬地扬扬只有三个手指的手，说别人的事一样，没一点伤心的样子。

“知道吧，我儿子去年考上大学了！”林很骄傲地告诉我。

“上大学开支蛮大的，我不能让他在同学面前抬不起头，让他尽管放心花钱。”林的汗大滴大滴地往下掉，除短裤遮着的地方，浑身晒得一般黑，花白的头发已掉得差不多了。

当年我母亲曾说，拖砖坯的人就像牛马，一次拖八九十块潮砖坯，一块三斤多，拖着往前奔，是玩命的活儿。看着林早衰的样子，我不知道说什么好。

“没技术，手伤了就一直拖砖坯，拖一块2厘钱，一天能拖万把砖呢。”林又拖起平板车，准备出发。

“你知道肯德基是什么鸡吗？”林猛然间问了这样一个问题，我愣住了。

“儿子打电话回来说，他们宿舍有个规矩，每周轮流请客吃‘肯德鸡’，一次二百多块，我总寻思这都是些什么鸡呢，这么贵？”林有些害羞地笑笑。

“肯德基是来自美国的著名连锁快餐厅，主要销售汉堡包和炸鸡。准确地说肯德基是个知名餐饮品牌。”

“不好意思，不好意思，没见过世面，让你见笑，我得去拉砖了，说这么长时间话，耽搁一趟了。”林笑着，死命发力，发达的腿肚子上青筋暴凸，以百米冲刺的速度拉着车走了。

花儿这样才芬芳

一场明星荟萃的演唱会。

掌声、欢呼声、尖叫声此起彼伏。握手、拥抱、送礼品，粉丝们跑向舞台，用不知在心里演习过多少遍的方式表达对偶像狂热的追捧。

更多的粉丝选择奔上舞台，送上精心准备的绚丽的花束。演唱会的保卫工作相当严密，为了安全，不是人人都可以冲上舞台的。那些相约而来的粉丝在台下举着相机、DV拍啊、照啊，保存下激动人心的时光。

“她怎么把花扔在舞台上？”

“唉，他上台怎么踩了我送的花儿呀？”

有女孩在伤心，有男孩在叹息。但伤心与叹息淹没在狂热中，淹没在震耳欲聋的音乐中。没有谁在意，斑斓炫目的舞台上的明星们更不会在意。

演出是在体育馆。不经意间，我看到他静静地立在舞台下一个很暗的角落候场。

节目安排，还有两位明星演唱才轮到他。但他就那么笔挺地站着，笔挺地。虽然此刻没有人注意到他，人们的目光都聚焦在舞台的追光灯下。

当主持人报出他的名字时，他已激情四溢快步走至舞台中央。腰弯得很深地，鞠躬。

“早也盼晚也盼望穿双眼，怎知道今日里打土匪、进深山、救穷人、脱苦难，自己的队伍来到面前！”大气磅礴，质朴雄浑，独到的表演传递出京剧的艺术魅力，无论年轻的还是年迈的，无论成熟的还是懵懂的，都在叫好。

一束、两束、三束……鲜花飞向舞台。他接过来，轻轻放下。接过来，再轻轻放下……有孩子蹒跚着送上花儿，他蹲下接过，把孩子送到台口。

唱了两首了，节目单上就两首，可观众不让他下。

“驸马爷近前看端详：上写着秦香莲三十二岁，状告当朝驸马郎。他欺君王瞒皇上，悔婚男儿招东床；他杀妻灭嗣良心丧，他逼死韩琪在庙堂。……咬定了牙关你为哪桩？”《包龙图打坐在开封府》他是清唱的，铿锵有力，余音绕梁，回味无穷。

他谢幕了。弯腰，小心地捧起舞台上的花儿。再弯腰，拾起没捧起的花儿。那么多花，捧在怀里，掉下一支，他再次弯腰捡起，满怀的鲜花让他捡花的动作甚至显得有些拙笨。

台下有人会心地笑，短暂的笑声过后，是雷鸣般的掌声。

“好！”忽然，全场喝彩。是同一个声音，是的，是同一个声音，鲜花簇拥着他走下舞台时，异口同声。

演唱会过去很久，人们大多已淡忘了明星们的演唱，但我们还是常常说到他，说到他那弯腰捡花的有些拙笨的动作。

他就是著名京剧表演艺术家尚长荣。

每束花都有个小小心愿，每束花都有个真心祝福。懂得花的悲欢，体恤花的疼痛，花儿便有了知己。有了知己的花儿才会散发芬芳。有了芳香四溢的花儿，他人和自己的心灵才会摇曳如花。这是老艺术家尚长荣用人格魅力告诉我们的。

花开四季

她准时起床，没有洗脸，也没有刷牙，径直走上阳台向对面的阳台眺望。

太阳初升，霞光给她的阳台抹上一层金色，而对面的北阳台，仍然是暗着的。

“甜蜜的生活，甜蜜的生活，比蜜甜了哎……”她看到了那盆花，虽然没有阳光的照耀，却很鲜艳，心里一下就亮堂了，笑逐颜开，哼起一首自己都感觉老掉牙的歌。

她住六楼。前面楼上的他也住六楼。盛开着的花是她送给他的。

她认识他是个夏日的早晨。

那天，她很早起床，习惯性地把被子晾在阳台外之后，便去和一帮老姐妹跳广场舞了。

正当她沉浸在音乐中时，忽然间天变了脸，风雨欲来。

“你快回来收被子，要下雨了！”一个老姐姐提醒她接听电话。她匆忙间接了，听到了一个陌生的急促的声音。她想起晒在阳台外的被子，急忙赶回家。

被子收了之后她才想起来：这打电话提醒自己收被子的人是谁？

好在手机上有几个未接和一个已接来电显示了他的电话号码。她回拨过去，才知这个人是住在前面楼上六楼的他。

那天早晨，他在北阳台偶然抬头，看到了对面阳台上晒着的被子，眼看就要下雨，而那家人没有动静。他急了，跑到她住的这幢楼，却没有人告诉他她的电话号码。跑到物管才查到这户住着的是一位刚从医院退休的女医生，但依然不能提供她的联系方式。他好不容易找到那位久未联系的在医院的工作的老同学，老同学几经周转才查到她的号码。

她和他就这样有些浪漫地认识了。她知道了他儿子去了美国，在那儿工作、结婚生子，三五年才回来一次。爱人去世早，他一直一个人生活，已经六十八岁。他也知道了她小他五岁，丈夫早年惨遭车祸，女儿在上海工作也成了家，逢年过节才回家来。

后来，她和他感情深了，非常合得来，也曾打算结合，相互好有个照应。可是，一提起这个话题，她的女儿，他的儿子都不约而同地说不合适，更重要的是将来财产继承问题会带来很多麻烦。虽然她的女儿是硕士，他的儿子是博士，虽然她的女儿、他的儿子都在他俩以为很开放、文明程度很高的地方工作生活。

从此，两人便不再提结婚的事。他和她都想，这把年纪真的不该给子女添麻烦了。有好长一段时间，两人不再见面，也不通电话。只是，每天，她会在自家的南阳台看到他。他也在自家的北阳台看到她。

再后来的一天，她突然发现连续两天他都没在阳台上出现，电话打过去也没人接听。多年从医的她知道一定是出了问题。跑到对面楼上去敲了半天门才听到他在卫生间奄奄一息的声音，他在家摔了跟头，很严重，躺在地上连打个求助电话都不能。她叫来警察打开门才把他送进医院。

住院时她帮助联系照料也没觉得什么。出院后，他能在室内走动了，她才发觉一个单身老太不便常来一个单身老头的住处。

于是，她从家里拿来一盆花，笑着跟他说，我们就做个暗号吧，你每天起床后把花放到北阳台上,晚上再收回去。我看到花在阳台上,就表明你一切正常。如果花没有出现,就说明你需要帮助,我再来敲门。

从此,她起床第一件事就是看对面楼上的花,一年四季,天天如此。对面楼上的花呢,一年四季开着,红艳艳地绽放着。

咖啡加糖

“老班长，老时间请你喝咖啡，别忘了啊！”电话那头，明一再叮嘱。

明是我初中同学，学习委员，成绩在我之上。初中毕业我俩都收到县重点中学录取通知书时，他却愉快而又简单地告诉我：“不想念了，农村里女娃不念书不行，我让妹子念。”接下来他就学瓦工，出师了到建筑工地上干。后来他两个妹妹上了中专、大学。他也结婚生子，但还在工地上做瓦工。

每年“五一”长假，他回家把妻儿带到城里来住宾馆。陪妻儿逛公园逛商店玩三天。第四天，他西装革履如约而至，请我喝咖啡。

明喝咖啡是很优雅的。一手兰花指般握咖啡杯把儿，一手拿精致的小汤匙，慢慢地搅，慢慢地拌，停下来说话的时候，他也是很标准地把小汤匙放在咖啡杯左侧。

“咖啡要趁热喝，这样才能品尝它的美味，不然，香味就会失去。冲泡时，要先烫杯，泡 10 分钟饮用最佳，入口水温 60 度最理想。”明用两指捻着咖啡匙，轻轻在杯子里打转，弄出很小的叮叮的声音。他浅浅地笑着，浅浅地喝着咖啡。

“喝泡沫、摩卡这些花式咖啡要及时把唇上沾的奶油泡沫擦掉。不然很不雅的。”明每一次请我喝咖啡，我都有些惊叹，不知道整天在水泥砖头里打滚的他，怎的就把咖啡喝得如此绅士。

“放弃上学后悔吗?”有一次我忍不住问。

“后悔干啥?”他反问我。

“老是干瓦工,又脏又累的,凭你的智商能做挣大钱的活儿的。”我劝他。

“你不觉得我很健康很快乐吗?”明又是反问。

“年年‘五一’请我喝咖啡,干吗?”有一年我忍不住问。

“‘五一’吗,劳动者的节日,我是个瓦工,也是个建筑工人哎,过节了,自己给自己放假,也乐一乐,让自己更幸福。”他笑容可掬。“你没发现吗? 品咖啡时,先趁热喝一口不加糖和奶的黑咖啡,感受一下苦味。然后加糖加奶,热咖啡充分溶解糖分后再喝。咖啡加糖就不苦,咖啡加糖苦也甜呢。”明偏着头看我,很得意自己的比喻。

今年,明请我喝咖啡前,我去工地看他。他戴着安全帽,穿着粘满水泥沙灰的工作服在工地上进进出出。没有委屈、不平和牢骚满腹的忧思,他和我的那些乡下兄弟一样,脸上写着满足和安然。

“明,你教会我喝咖啡了,今年,看你放几颗糖,我也放几颗!”听着电话里搅拌机的轰隆声,我大声说。电话那头,明笑了,我感觉得到他笑得很灿烂。

明是快乐的,明是幸福的。他用自己的方式过着自己的生活,用自己的方式把别人看来很苦的生活过得甜甜美美。明让我知道,什么是真正的开心,什么是真正的幸福。幸福,并不是由所谓的职业,也不是由物质条件决定的,无论什么职业,无论什么条件,生活都可以过得很精致。

心　　灯

陈老太走了。

远的近的乡亲都买上好的纸钱送她，说要让好人到那边也过上舒心的日子，好人就要有好报。虽然很多人并不知道她的姓名，上年纪的人也只是知道她叫陈刘氏。

人们在送她上路的时候，说得最多的就是陈老太的心灯。

陈老太 19 岁的时候嫁到杨家舍来，从此就住在这个屋子没挪过。

22 岁那年，陈家当家的得了个不知名的病说走就走了，撇下陈刘氏和遗腹子。不少人当时都说她要改嫁，她也不说什么，就这样带着孩子过日子。

陈家屋子后是条小河。沿着上游下游三五里地没有个桥，只有陈家屋后的小木桥。虽说农家人走夜路习惯了摸黑，但由于桥窄，过去还是常常有人摸黑走路跌下河去。

自打陈刘氏嫁过来，人们过这座桥时就有了亮光。先是一盏小油灯的亮光，每到天黑，陈刘氏便取一碗倒上豆油，捻一纸芯，点上后放在她家后窗口，从糊的窗户纸上透出来的光亮照着，走夜路的人胆大了，桥也走得稳了。

后来有了火油，陈刘氏千方百计节省这种洋油，自己是舍不得点灯的，都是天黑后用找来的小墨水瓶，倒上洋油，放在窗户上。洋油供应紧张时，还曾用自榨的豆油来点灯。

当家的离世去了后，她的日子更为艰难，但即使吃不上饭，她还是为过桥人点着灯。

再后来有了马灯，也就是桅灯。她是村上第一个买的。买了以后，每天晚上，她就把灯挂在屋后那棵树的树枝上，光亮还能照到河对岸。

儿子大了以后，成了家另过日子，这时人们就开始叫陈刘氏为陈老太。

陈老太的媳妇是非常孝顺的，但无论儿子媳妇怎么做工作她就是住这儿不走。

儿子没有办法，帮她装上电灯。她提出的条件就是给拉个灯头到屋后，不然不肯用电灯。

于是，桥头从此灯火通明。

到现在桥已建成了水泥桥，宽宽大大的。来来往往的人很多，村里精明的人早已在这里做起了买卖。夜色还没降临，卖臭干的，卖猪头肉的等等都到这边来赚钱，陈老太还特意换了大灯泡，整个桥南桥北热热闹闹的。有做生意的想给陈老太钱，她总是笑笑，并不多说话，钱是一分不收。

陈老太走的时候 91 岁。临合眼时对儿孙说，她一生没有什么能帮别人的，只有这个灯帮了别人。开始的时候，自己是个小姑娘，心好，怕人家掉河里。后来当家的走了，就怕别人家当家的也掉河里，像自己一样年纪轻轻的就守寡。人老了总是要走的，只是，心里最丢不下的就是这个灯。还是这个要求，只要有人从我屋后过，灯就要亮着。

儿孙们含泪应答，在场乡亲无不为之动容。

一只小公鸡

每每看到媒体频频报道好心人热心帮助失学儿童的场面时，我的心就会有隐隐的痛，常常想起我的那只小公鸡。

我小的时候，父亲身体不是太好，农村里的挑河等重体力活是不能干的，只能干些轻便的活计，家中最强的劳力只有母亲一人。而父母挣的工分要养活我们兄妹 4 人。尽管父母早出晚归，栉风沐雨，拼死拼活地干，揭不开锅的情形仍然时有发生。

我上到小学 3 年级的时候，父亲突然就病倒了。应了乡人常说的屋漏偏遭雨，雪打又遭霜。家中能卖的布票、油票、粮票都已卖空了，父亲的病还没有看出个名堂。

到了 9 月，学校开学，通知交 1 元 5 角钱学费。对我们这种家庭，这可是个不小的数字。家里全年都是靠几个鸡蛋来换盐吃的。一个鸡蛋 2 分半钱，两个鸡蛋换 1 斤盐。全年从集体分红得到的好年成也不过 5 角 1 块的。哪里还有这 1 元 5 角？

尽管父母没有开口对我说什么，但因为上学晚，虽是 3 年级，已经 13 岁的我还是懂的：这学是不能上了！

本来家里唉声叹气的气氛就让我心事重重，又想到开学的事，脆弱的心里更是充满了阴霾。弟妹们还小，又不能对父母说。只能在早晨或是傍晚，拎着割猪草的篮子，站在田埂上，远远地看一起玩的伙伴们来来去去，看着他们屁股后面颠上颠下的书包发愣。

开学一周了，一个老师来我家，与父亲母亲也没多说什么，只是告诉我们他是城里下放的，在学校教3年级，听学校的老师们讲小家伙是个相当好的孩子，平时言语不多，成绩好，很聪明，过来看看。

老师来了以后，陪父母扯了会闲。最后，摸了一下我的头，默默地走了。

我打小就没出过门，看到老师很是紧张与害怕，再加之他还说是城里的，我更是紧张得直哆嗦。不过他来了之后，我却又非常希望他能多坐一会儿。

望着他远去的背影，我怅然若失。

不料想，第二天，这位姓高的老师让邻居小林捎了个口信，说他想吃小公鸡，问我家的小公鸡卖不卖，如果要卖，就卖给他。

家里一窝鸡，这是最后一只公鸡。母鸡已“破了头”开始下蛋了。

母亲忙不迭地说：“卖的，卖的。”在农村里谁舍得去吃新公鸡呀，只有到城里才能卖得掉。现在有了买主是求之不得的好事了。

于是，母亲赶紧捉了，让我送到学校去。

我在学校小河边一间小屋门前徘徊了半天，终于敲开了高老师的门。他很是高兴，接过鸡，说：“不要笑话城里的老师是个‘小馋猫’呀！”

我一听就乐了，紧张的心一下子平静下来。本想赶紧抬脚出门却又停了下来。他接着告诉我说：“小公鸡在城里很贵，又买不到，回去跟你爸爸妈妈说，今年的学费老师给扣了，下一学期也扣了，还要找你2元5角钱。明天你来上学。”

我也不懂，只是感到高兴：鸡卖了，我有学上，还找回了钱。

不曾想，回去后，爸爸妈妈听了，却流着泪对我说：“你要记住这个好老师，好人哪！”说得我不知如何是好。

就这样，我又回到了学校，捧起了书本。

多年以后，父母还经常提起这件事。告诉我那是人家老师在帮咱又怕伤咱的自尊才买小公鸡的。当时,一只小公鸡在城里至多也不过1元钱。

现在想来,我为当年老师细心呵护我那脆弱的和仅有的一点自尊而深深感动。真爱无言,大爱无疆!

大雪无"寒"

大雪悄无声息就来了。白雪皑皑，到处都白，白得晃眼。虽说暖冬久了，人们心里是盼着雪的，但大雪如此突然袭来，还是让人措手不及。

雪堆积得很厚，一夜之间，路面上积了厚厚的一层。人们无事尽量不出门，因为那些雪冰总是开着或大或小的玩笑，即使人格外小心也还是容易摔跤。

上班时间已到，尽管路滑，我还是要动身。出门时，妻抢了车钥匙："步行，步行，不准动车！"不容置疑，有些蛮横。冷风里，这种蛮横却是暖着心的。

难得地一路走一路赏着雪景。

"各人自扫门前雪，莫管他人瓦上霜。"也真是应了这句话，街面上的店家早已动起来，家家都在扫。

慢慢往前走，我却不由地喜欢起自扫门前雪的场景来。

虽是各扫各的，连起来，却形成了一条公共通道。且又有一条条分支与各店家相连。原来自扫门前雪，各自尽心尽责，建立起来的一种公共秩序是那样的有效。

再往前走，就有些眼花缭乱了。大概商家都很有创意，许多商店门前，清扫的积雪可不是简单地一堆了事。一个个白雪宝宝，黑、蓝、黄眼睛的，红萝卜、黄香蕉鼻子的，红帽子、黄帽子的，也有手里拿彩旗的……每家店前都蹲着或高或矮或胖或瘦的雪人儿，千姿百态，成为非常特别的一道风景，很温馨。

孩子们是最喜欢雪的，欢天喜地走出家门，雀跃着任心随雪花飞舞。也许，大人世俗的心也被这白雪洗净了，难得地允许孩子们疯，尽情地疯。雪仗已经打开了，雪球在空中飞了起来。

也有家长带着孩子敲小树上的冰凌，冰凌和着雪花一树一树地掉下来。减了负的小树感受到了寒冬里有份暖暖的疼爱，挺直了腰告诉人们："挺好的，没受伤！"纷纷扬扬的笑声，在洁白的世界里飞。

也许，笑声在冰清玉洁的时候会传染。

冰天雪地行路难。"扑通"一个人摔倒了。"叭"又一个人连车带人摔倒了。"哈……哈哈……"摔跟头的人笑，行走的人也笑，个个笑逐颜开。于是，人们滑行着，叫着，喊着："小心噢，滑得很呢，小心！"你提醒我，我提醒你，与相识或是不认识无关。

"注意脚下！一、二、三！"走过一段引桥，十来个人正在推一辆客车。推车的是乘客，我想肯定是急急赶回家过年的乘客。车滑得上不了坡，是乘客推上去的。

忽然，我想起晚上看新闻报道一些地区遭遇雪灾的结束语：天很冷，雪还在下，不要等老天爷施恩，靠在一起相互取暖，再大的困难也能战胜。

是的，风很冷，雪很寒，互相取暖，大雪无"寒"。

千百次的考

我第一次参加考试是在 1973 年的夏季，与今天的学生相比，其实那也许并不能算作是考试。

因家中兄弟姐妹多，我是老大，要照顾他们。到了 9 岁，才不得不去报名上一年级。

家中困难，学校将学杂费全免了。发下语文、算术两本书，薄薄的。语文是一句话一课，算术第一册是十以内的加减法，学期结束要考试，懵懵懂懂做卷子，语文也就是几句话；数学是几道式子，我前后做了不过十几分钟，就轻轻松松跑出去玩了。

到小学毕业时，学校教学已经步入正轨。父母吃够了没有文化的亏，虽然家里条件不好，仍希望我多读些书。

小学毕业，我以优异的成绩考入初中，了却了父母的一点心愿。

在我上初中时，教育越来越受重视，全国恢复了高考，初中毕业可以考“小中专”。考上“小中专”就可以转成城里的户口，就可以分配工作。我唯一的希望就是能考上个“小中专”，这样就可以跳出“农门”，有城市户口了。

升学考试地点设在城里。这是我第一次到城里并在城里住宿，非常兴奋。为了这次考试，母亲连夜给我缝了一身的确良褂裤，我第一次穿上了凉鞋。也正是这般隆重，搞得我十分紧张，加之在城里吃了许多荤菜，第二天就拉肚子。我没有发挥好，最后公布成绩时傻了眼，小中专没上成。

不过庆幸的是，县重点高中首次招收68名农村户口的学生。我收到了东中的录取通知书。

在农村种田的父母没了主意，他们和我都不知道上重点高中究竟意味着什么，也不知道上了以后会怎么样。而且高考是千军万马过独木桥，上不了桥的是多数，两三次甚至四五次参加高考的人都有，我家是绝没有这个经济条件让我多次去考的。最后还是老师写信催促我才来到城里读高中。

进入高中的第一次考试给我的自尊很大的打击，我偷偷地哭了。

数理化没有问题，可是在农村因没有英语教师，我英语第一次考试得了32分，很是伤心。就这样高中三年紧追慢赶，毕业前英语成绩才上来，我用三年时间学完了初高中英语的全部课程。

高中三年，“大考三六九，小考天天有”，成天在学中考，在考中学。

1984年参加高考，黑色七月昏天暗地，我挤上了独木桥。

那个时代，进入大学后的考试是相对轻松的，不像现在的孩子要考计算机、考英语等级，什么都要学什么证都要拿以在求职时派上用场。

待到工作后我方感到知识的不足，这时学习的途径已经很宽，我又通过考试，获得了一个经济管理本科文凭和一个法律本科文凭。

感受最深的还是公务员招录考试。自认为底子不错，1991年参加了某委举办的招录考试，笔试还行，可是到了面试，却未被录取，为此我耿耿于怀了许久。

1995年，法院系统增员，起点要求大专以上，录取6人，报名者达600多人，可以说是强手如林，竞争十分激烈。这次考试增加了职业能力测试，考题也比较科学。闯过笔试关后，各县市之间交叉面试，我面试没有出问题，顺利进入体检。体检更是严格，统一集中后抽签上车，驾驶员再抽送检医院。整个考试的每个细节任何人都没有作弊的机会，两个月后再经过政审考察，我如愿以偿进了法院。

从上学到工作，我经历了千百次考试。有不费吹灰之力的测验，也有惊心动魄的大考；有谋个理想职业的求职考试，也有自加压力的自学考试。

千百次考试，让我深深地体会到我们国家尊重知识尊重人才的艰难历程。这千百次的考告诉我，我们的社会正逐步形成完善的竞争机制，公开、公平、公正地为每个人提供发展的舞台。这千百次的考让我明白，只要你足够努力，机会就会青睐你。

备　份

“备份”两个字，母亲肯定不懂，或许还没听说过。但在我的记忆中，为生活做个“备份”却是母亲固执地坚持了几十年的习惯。因为，她知道：好天总要防阴天的（母亲的习惯用语）。

我们兄弟姊妹从没有问过她为什么，也从没有想过要问。在我们成年后，甚至感到母亲的行为多少有些古怪。

明明粮食并不紧张，但家中余粮总要留足两年的之后才能卖；有钱了，存银行，还不能存在一家银行，抽屉中还要固定放上几十元以备急用；孩子吃饭只要碗一放到桌边上，母亲就要伸手往里挪一挪，自我们有了孩子，孩子吃饭专用的碗也要买几个放在家中；甚至买衣服时看中件衣服，但因没有备用纽扣也就不买了……

我们说多了，她就会给我们“上课”：有钱有粮心中不慌，这是老一辈人常说的。时间久了，我们也就不放在心中。兄弟姊妹聚一块，背地里有时还哂笑她的古板与落伍。

可是有件小事，却让我们领悟了母亲的教诲。

我买了件西装，起初谁也没在意这衣服有没有备用的纽扣。穿了不过二十多天，掉了一颗纽扣，满街满巷地找能配的，相似的也没找着。心中充满懊丧，千余元的衣服，因为一个小纽扣而打入冷宫压之箱底。

于是，我就想起母亲的“英明”来。

果真，母亲听说后，从她的百宝箱里真的找出个一模一样的来，那是她从我淘汰的一件旧衣服上拆下来的。

做事不能没有余地，为生活做个“备份”。就是这样简单的生活道理，却是母亲历经风雨、在世事沧桑中总结下来的。

生活中定然有许多不顺之处，倘已早早有个“备份”，我们的生活也就会少一些烦恼、少一些忧伤、少一些挫折，即使厄运降临，也不会惊慌失措。

我决心学着母亲，为生活做个“备份”！

狭路相逢

开车时礼让一点，掉个头，侧个身，给别人走，既是给自己挪点余地，也是给自己的心，腾出一点空间。空灵一点，通透一点，大气一点的心，包容人世万物，你我他都会方便通行，心情愉悦。

一

“你离路口近，你倒回去！”驾驶员摇下车窗，探出脑袋朝对方喊。

“你明明看见我了，还往里开，你倒！”对方早探出脑袋，大呼小叫着。

又一次在小区入口处看到这样的争吵、对骂。

倒回去？难不？不难。

可是问题在于，谁倒回去？

两辆车谁也不肯往回倒。

僵持不下，后面的车不停地按着喇叭，小区原本就窄的路迅速被堵了个严严实实。

“我有的是时间，看谁耗得过谁！”准备进入小区的人气上来了。

“多大的事？奉陪！”从小区出来的人回敬，不依不饶。

时间一分一秒地流逝。小区门口车越聚越多。两个人挥舞着手叫着吵着。

警察来了，强行将两辆车都挪开，拥堵的小区通道才得以疏通。

倒回去，几分钟的事儿。但是，宁可耗费半个小时、一个多小时甚至更多时间，宁可被交警处罚，也不输心中一口气，这是某些“聪明人”常做的傻事。

为什么我们不能退回一步，礼让别人先过？

二

侧个身，既是给对方留下空间，也是给自己留下余地。

想起很小的时候，在农村，经常看到挑担的人“过肩”。

农村里的田埂都是很窄的，挑着满载粪肥或是麦捆稻谷等重担的人迎面而来，没有空间让两人都通过，只能一人过去。

两个挑着重担的人相遇，怎么办呢？

一个挑担子的人站住，而后侧身，将肩上的担子顺过来，与田埂平行。

另一个挑担子的人，走到他前方时，也会将身子侧过来，使肩上的担子与对方的担子保持平行。接着，让担子的一头，先过去。然后，一只脚从对方身边跨过，顺势将肩上的担子挪移到另一个肩膀。

两人像跳舞一样，动作简单，但配合却十分默契。别人还没反应过来，两个挑担人已擦肩而过，肩上的担子，也顺利地交叉、通过。

在交会时，两个农人还会气定神闲地打招呼，问候一声。有时候，两人可能还会在相遇“过肩”时互敬支香烟，那种做派，常常让所有看到的人会心一笑。

那么狭窄的田埂，挑着重担的人侧身“过肩”。在他们眼里，再窄的田埂也是“通天大道”了。

你是“卸荷工”，你更是我的老师

看到他的时候，我几乎认不出来了。

在回老家的路上，身后，急促的铃声响起。而后，一个人骑辆旧自行车从我后面赶上来。他的车龙头上挂只现在已很少见得到的黄书包，车篓里是盘得整齐的拇指粗的绳子，大杠上绑着根油亮的扁担，两只泥篓挂在后座一旁。我知道，这肯定是我进城“卸荷”的乡亲。

“下河”抑或“卸荷”，我不知道家乡方言中，这个音如何用现代汉语来书写更准确。我们这里称手拿扁担绳子走街串巷，在码头、火车站、公共汽车站揽活的人为“卸荷工”。无论是骄阳似火的酷夏，还是滴水成冰的寒冬，他们每天在城市一隅守候，来活儿时，讲好价钱，根据雇主需要，或单兵作战，或三五人联手，挑沙石、搬砖头、背行李、抬重家具上楼……别人干不动或是不愿干的体力活，他们都帮人干。与曾经热播的电视剧《山城棒棒军》里被人们称为“棒棒军”的人干的活儿是一样的。

有人写成“下河”，因为他们往往守在小城的护城河边找活儿。我写成“卸荷”，不仅因为发音更接近，而且也因为这些人都是在帮助别人卸去重重的负荷来谋生。

也许是高中毕业时为挣学费曾干过几天“卸荷工”的缘故，每每见到“卸荷工”，我都感到十分亲切。也许是常常感到“卸荷工”的活儿实在是太过辛苦，每每见到“卸荷工”，心中就有几多心疼。回乡路上遇到“卸荷工”,我不由得多看了一眼。

面容怎么这样熟悉?在他的自行车超过我的瞬间,我看到他满头白发,脸被太阳蹂躏得黑而发亮,身上的衣服却干净整洁,一双黄球鞋也已洗得发白。显然,干活时的脏衣脏鞋已经换了放在车龙头那个黄书包里了。虽有饱经风霜的沧桑,与三十年前的风流倜傥不能相比,但我还是看出来了,他不是我上初中时的曹老师么?

那时的曹老师二十刚出头,上了两年工农兵大学。因为从城里来的老师相继回城,老师紧缺,村里安排他中断学业回来代课。

农村孩子刚上初中,代数、方程简直像天书,尽管他想尽办法,我们还是无法理解。暑假里,他把我们召集起来,从小学的四则混合运算补起。每天他都讲得喉咙嘶哑,却没一份钱报酬。

两年后,我们的成绩突飞猛进。毕业时,我们这一届考上县城里重点高中的就有九个,引起了很大的轰动。

但曹老师的命运并没有因此而改变。身兼语文、物理、化学课的曹老师还是代课老师,只要有老师缺岗,他就顶上去,整天忙忙碌碌。

待我们大学毕业工作后,却听说曹老师因未取得工农兵大学毕业证书,只有高中毕业,又没有城市户口,又忙于教学没有时间复习考民办教师任用证,所以无法转成民办老师,更不用说转成公办老师了。

“卸荷工”在路边一幢小楼前停下来,他已经到家了。

“曹老师!”我将信将疑,大喊一声。

他回过头来朝路上看,目光里有些许狐疑。

果真是曹老师。见了我,他很激动。忙不迭地领我参观他家的小楼:“时间真快,我儿子结婚了,在外地打工,孙子都六岁了。”曹老师带着一脸的幸福与满足与我说着话儿,拉着他跑过来的孙子。

“曹老师给我们的帮助可真大啊,没有您,我们考不上大学呢。”多年不遇,我也很激动,拉起家常。

“爷爷，爷爷，您当过老师吗?”曹老师的孙子听我左一声老师右一声老师的说话，突然“揭露”说。

曹老师的笑容止住了，很尴尬：“也真是，你们都有出息了，不能称我老师的呀。”

我的心突然被刺了一下，很疼。

曹老师现在确实是名“卸荷工”，但我却以为他更是我的老师。

也许，离开讲台，他曾寂寞孤独过。也许，穿行于高楼林立灯红酒绿间，在有些人眼里他是卑微的，但我的曹老师却坦然接受命运的安排，没有一点后悔抱怨。他每天用汗水和诚实，靠自己的体力和脊梁撑起家里的一片天，就像一尊奋力前行的有血有肉的雕塑，引领我前进!

鹏翔家的

“上哪儿去啊?”

“去鹏翔家买个本子记记账!”

“你回家来啊,我去鹏翔家买些小菜,请你喝酒。鹏翔家菜蛮多的,不比你们城里差多少,弄几个菜快得很。”

每次回老家,走在路上,每每遇到乡亲,常常是这样的对话。

与父亲母亲闲聊时,他们也是说着说着就说到鹏翔家的店,欣欣然赞叹、钦佩的样子。

鹏翔是我儿时的玩伴,老实,憨厚。他家境不好,印象中上到三年级或是四年级就回家种地了。普普通通一个实诚人,不调皮,不惹祸,也不吭声,就知道做活计,人们并不常提到他。

鹏翔出名是因为他老婆。

鹏翔家的进他家门时,几代同堂,只有三间草屋。那时,刚分田到户,他家生活很困难。

乡下人说话不拐弯,是什么就说什么。

鹏翔家的嫁到我们这儿不久,人们就经常说到她了。不是因她勤快,地里的活儿干得好;也不是因她见人就笑,嘴乖玲珑;更不是因她在娘家做姑娘时就开店卖日用品,带了几百块钱到夫家来。人们人前人后说她,是因为新婚不久,鹏翔的老太(太奶奶)生了大病,就在所有人都以为老太年迈,家里人不愿花冤枉钱给她治病的时候,鹏翔家的把箱底里几百块钱全拿出来，还借了钱，把她送进城里的大医院治病，几个月后老太又能走能行了。

老太病好后，人们不经意间发现鹏翔家的在家门口的路边上摆了摊子。开始时，卖些油盐酱醋、针头线脑、锅碗瓢盆、镰刀锄头什么的。人们生活开始好起来的时候，她家店门前又多了豆腐百叶、鸡鸭鱼肉之类的菜蔬。只要村里人家里需要的，店里全有。

鹏翔家的少有人叫得出她的名字，人们都以“鹏翔家的”称呼她。鹏翔家的店至今也没有名字，甚至连个招牌也没有。可是，方圆几里，没有不知道的。这方圆几里地，店有几十家，人们有时绕几家店跑几里路也要到她家店里买东西。

母亲说，鹏翔家的会做生意。年老的去店里，她先递根烟。年幼的去店里，她先拿块糖。买肉的，她送几根葱。买鱼的，她送块姜。好多时候，人们并不买东西，只是喜欢聚到这里扯闲。她也是一样拿烟拿糖，像见到家里亲戚一样。买东西的人身上带钱也好，不带钱也好，都能买到。赊账的呢，她也不计较，有时连账都不记。有时到了晚上，她还把卖不掉的时鲜菜蔬送人，她晓得村里有几家人家家境不好不常买菜吃，就送这些人家。

回老家时，鹏翔家的店我也常去。鹏翔家的不像城里服务员那样带着训练有素地露着职业微笑，穿得花枝招展，也不像我们平常见到的商家那样吆喝招揽，只是简单跟我招呼：“今天回家的啊，买菜给爸爸妈妈，蛮好的，老人要孝顺的。”而后，就没多少言语了。与别的商家有些不同的是，我买菜的时候，无论多与少，零钱她都不收。有时候，没有小票，她就说一声：“拿走吧。”有时候买多了，她还要劝：“太多了，少买些吧，你回城，你爸妈老两人吃不掉。他们又节省，倒掉会难过的。”

鹏翔家的店是越开越大了，鹏翔都是深夜开摩托车去城郊批发市场进货，那样直接从种菜人手上批发最便宜。现在，鹏翔家的儿子上了大学，女儿上了城里的重点高中。他家的房子前年也建起来了，就建在路边上，与城里洋房别墅一个样。

我没做过生意，不懂生意之道。但每次经过鹏翔家的店前，我就想，鹏翔家的做生意质朴、厚道、善良，自然地通了财道，虽未身价百万，但应该算是真正的商人。

第四辑　此花一开天下暖

此花一开天下暖

秋风渐吹渐紧，雪白的棉花开了，拾棉的季节到了。让我不由得想起，一株棉从育苗栽种坐蕾，到开花挂桃结果，农人年头忙到年尾的光景。

头年腊月，农人就到河里罱淤泥，封存在地头让风吹成“干细土”，等开春打营养钵。

在大田边，先前预留的背风向阳处是做苗床用的。开春了，铲平后撒草木灰和呋喃丹，既防治地下害虫也助起苗。以熟化了的肥沃的“干细土”做底土，配上腐熟土杂肥后，撒复合肥，再泼层稀薄的人畜粪，翻拌使肥力均匀，就可制打营养钵了。

制钵是重体力活，也是技术活。手压脚蹬不停，到晚上腿脚手臂都累得动弹不得。

营养钵是圆柱形的。钵排好浇透水盖膜保湿，播种前再浇透水。钵床上的一排排营养钵，俨然新出土的严阵以待的兵马俑。

娃儿能做的是丢种，往钵上方的钵眼里放两粒包衣棉种便好了。丢完种先盖层细土，在钵厢四周铺土，再用喷壶洒水，最后插拱盖膜，四周压实，田头便有了棉苗安家生长的白色塑料房。

冷了，封严防冻伤。热了，通风防烧坏。肥了，防长高脚苗。育苗的个把月时光里，棉苗稚嫩得很。农人待幼苗就像哺养温床上的婴儿，唯恐有半点闪失。

棉苗真正的家在大田里。麦子或油菜收了，就开塘“迎娶”棉苗了。开塘如艺术家描龙绣凤般精致讲究，塘的大小跟钵体一致不说，还要行距整齐，株距均匀。

苗钵运到大田下塘洞，还要覆土壅根，施好“活棵肥水”，棉苗移栽才结束。

“干长根，湿长苗；冷长根，热长苗；磷促长根，氮促长苗。”这是父老乡亲说得熟了又熟的话。防风防雨防低温，轻控勤控促控，早发现早防治蓟马盲蝽害虫。既不能拔苗助长乱打叶面肥和激素，也不能任其旺长打破生长平衡。每天，农人小心翼翼，精心伺候。

可是，每株棉都淘气，还会节外生枝。抹赘芽，打杈枝，才能让青春期的棉节省养分健康成长。

七月，棉第一次开花了。红的白的黄的，一朵朵，蝶翅般娇艳柔嫩。“花翅”护花蕊，青春羞涩，柔情似水，尽显对农人汗水的呵护。

八月秋微凉，二次开花时，棉花长成大小伙了，知晓用密密枝叶下缀满枝条的饱饱的棉桃来感恩报答。在某一天，突然对走在田边的农人咧嘴一笑，花开四瓣，吐出雪白的棉絮。田野里，一片又一片雪白的“云朵”盛开绽放。

于是，背着匠箩、提着箸子，系着围裙，家家户户总动员，老老少少下地去拾棉花。

五指微拢，双手在棉花间飞舞。男女老少将双手飞速伸向盛开的棉花，轻轻一捏，轻轻一拉，柔柔绒绒的花摘到了手里。虽没日没夜，虽被棉壳划伤，虽十指磨破，但不觉得疼，不觉得累。因为，每摘一朵，心就会暖和一下。因为，拾一把棉花丢进裙兜，全家生活的希望就丢进心里。

“五月棉花秀，八月棉花干。花开天下暖，花落天下寒。”儿时印象里，全县百万担皮棉全国闻名，不知纺了多少纱，制成多少衣，弹成多少被了。

虽然两度“开花”，棉花其实却不是花。棉花，从不开在花市，也不装饰豪庭，更不装点华丽庆典。但在我心里，这是农人洁净汗水浇灌的朴实勤劳之花，是游子随身衣和被安度严冬的亲情之花，是与天下人肌肤相亲的温暖之花。

清明这个节

“清明时节雨纷纷，路上行人欲断魂。”很小的时候读杜牧这首诗，心，就被绵绵春雨濡湿。虽少不更事，但生与死间的那种苦痛却铭刻在心。

“清明节，就是先人过年。”尽管长者如是说，但临风飘动的纸幡，如蝶飞舞的纸钱，香炷飘向天边的幽幽的烟，清明这个节在娃儿们心里，便没了除夕阖家团聚的快乐，只有“黯然销魂者，唯别而已矣”的刻骨铭心，只有生命的沉重，只有离愁与思念。

清明这个节是带着连绵不绝的雨，带着细雨的微凉走来的。“南北山头多墓田，清明祭扫各纷然。纸灰飞作白蝴蝶，泪血染成红杜鹃。日暮狐狸眠冢上，夜归儿女笑灯前。人生有酒须当醉，一滴何曾到九泉。”（高翥《清明日对酒》）面对一堆高出地面的黄土，凝望石碑上熟悉的名字，想象那个曾经熟悉而又无法再相见，曾经鲜活而又不再存在的肉体永远埋在泥土的深处，埋入岁月与历史的深处，只有用记忆，用那个远去的熟悉的名字与过往的种种细节温暖生者。坟墓前的酒杯和几样象征性的吃食，免不了让人们盈泪伤怀，希冀、梦幻与情思如不缓不急的烟雨，浓浓淡淡，明明灭灭。

但清明这个节又是那样清清爽爽，一旦来临后就将迎来日丽风和。

清与明两个字，热烈又暖心。严冬酷寒过去，冰雪消融，草木青青，天气清澈明朗，万物欣欣向荣。草，从沉睡中醒来，柔柔地穿起绿绿的衣裳。树，从慵懒中醒来，偷偷地把翡翠装饰在枝节间。花，迫不及待绽放开来，娇滴滴地氤氲着青涩的面庞。

“芳草绿野恣行事，春入遥山碧四围。兴逐乱红穿柳巷，困临流水坐苔矶。莫辞盏酒十分劝，只恐风花一片飞。况是清明好天气，不妨游衍莫忘归。”（程颢《郊行即事》）一起踏青去啊！天地间那么轻盈明朗，油菜花的金黄，豌豆花的紫，还有野花儿姹紫嫣红。桃红柳白，更如同婀娜的仙女摇曳着起舞，柔媚而动人，拂动人心。谁都想趁着明媚春光，随意舒展双臂，在这个时节用尽全力深深地拥抱春天。

于是，清明这个节就有了别样的况味，亦如这个节日的景象，自然而真实。

人生一世，草木三秋。冬去了，春来了，天是那样清，天是那样明。

古人设立这个节，顺应季节递嬗，昭示大自然的冬已戛然而止。人走了，人来了，生命是那样的复杂，又是那样的简单。

古人设立这个节，在烟雨迷蒙中慰藉逝去的灵魂，让子孙勿忘天地间有辉煌也有湮灭。在清明这个传统而又特殊的节日到来时，人们扫墓祭拜，感谢祖先生育，明白生生死死，尊重可贵的生命。纪念缅怀，珍惜现世的美好，获取精神与力量。我们踏青娱乐，顺应大自然的节奏，焕发青春，勃发生命的力量，努力地前行。

大 麦 茶

再次想起大麦茶是在妻的叫声中。

盛夏的晚上，妻在看韩剧。看到漂亮的女主角，端着杯子，优雅地喝着大麦茶，甜甜地微笑着说“我喜欢喝大麦茶”的台词时，她叫起来：“你看人家韩国女人，多讲究，喝饮料都这么有研究呢。”好像面前就有浓浓的麦香，艳羡得不行。

“大麦茶有啥稀奇，我小时候夏天天天喝几碗的。”丢下看着的书，我不屑地说。

“吹牛不上税，天天喝几碗，多少钱的呀，晓得吧，我上次去吃韩国料理，一杯5元啦！”做作业中场休息的女儿听到我与妻的对话，也是夸张地叫。

“大麦茶香气诱人，含维生素、矿物质、膳食纤维等对人体有益的物质，是最受韩国家庭欢迎的茶，你看人家的生活水平，啧，啧，人家把大麦茶当水喝噢！”“哈韩”的女儿向我“贩卖”她的知识。

“小孩子家懂什么，韩国人吃烧烤、火锅、泡菜后饮用大麦茶，去油、解腻，健脾胃、助消化，美容呢，你看人家女人那皮肤、那气质。”原以为妻喜欢韩剧是因为其细腻、深情，却不知她另有视角。

就这样，我想起了被自己忘记多年的，印象中有些苦涩的大麦茶。

记得小时候，麦收季节开始，就进入了最忙的时候。即使太阳旺得像炉火烧着，人们也歇不下来。

在我们老家，大麦大概是最贱的了，是用来喂猪的。只有在断了口粮没有办法时人才食用。暑日里大麦茶也是卑微着的，家家户户都喝，没有多少尊贵。

做大麦茶也很简单粗糙，就是把大麦淘洗了上锅炒。即使讲究的人家，也只不过是炒的时候火温些，时间长些。炒好了的大麦茶放到竹匾里冷却时有些黄灿灿的。

可是，大多数人家没什么闲工夫，起锅的时候都是焦黑的了。我父亲却特别喜欢焦黑的，他说这样有苦味，止渴。

早晨，母亲就抓上一把，放在小小的缸里，把烧沸的开水倒进去，金黄的或是黑褐的大麦粒在水里翻滚，水迅即变成黑褐色。有淡淡的清香，还有淡淡的烤糊的味道。

一般是我们兄弟姊妹把小小的缸放在竹篮里抬到田里去。父母没时间到田埂边喝大麦茶，都是我们用粗瓷大碗舀了送上。一次浅浅的一碗，父亲母亲都是不喘气像农田灌溉一样咕咚咕咚就下去了。碗里有剩下的大麦粒子也用手抹到嘴里，嚼碎了咽下去。而后，把脸上的汗用手一抹，一甩，又伏身去干活了。

我们这些小孩口渴了的时候，连碗也不用，就着小缸的边沿灌一气再出去玩。

既然我的妻女稀罕大麦茶，我就打电话给父亲母亲，很快，大麦茶就捎来了。却不想，因为流行时尚，妻子女儿已跟风去超市买了，一大袋里装一袋袋小小的很精致的包装。我竟是愣住了的，5块钱一两，若是买一斤就50元啊！她们迫不及待地烧水冲泡，款款而饮。

而父亲母亲捎来的放在粗布袋里的有几斤重的大麦茶就那么没有自尊地躺在一边，质朴、淳厚，憨憨的样子。

味甘、性平，有消积进食、平胃止渴、消暑除热、益颜色、实五脏、化谷食之功。李时珍早在《本草纲目》中记载了大麦茶的功效。在过往的岁月里，大麦茶也曾是我们生活中的主角。可是，现在，却渐渐地被遗忘了。而那些穿上洋装的大麦茶却以其高贵的身份，在我们身边艳艳地边走边舞，香气袅袅地虏获时尚国人的芳心。

就像父亲母亲捎来的粗布袋里的大麦茶被置于角落一样，我感觉大麦茶和我的自尊都被伤害了。

五亩良田油菜花

“一条大路呦，通呀通我家，我家住在呦，梁呀梁山下，山下土肥呦，地呀地五亩啊，五亩良田呦，种点啥……”轻快跃动的民族器乐声响起，粗犷、通俗的民谣开场，成龙大哥富有层次感和质感的声音，把战士思乡，渴望卸甲归田的心态唱进我心里。

虽是深夜，虽然厮杀打斗的场面很刺激，但我却不想再看下去，而是急急地上网找电影《大兵小将》的主题曲——《油菜花》。

金黄色的记忆在脑海里漫开来，纯洁的、漫无边际的黄震撼我的心。成龙大哥为何会选浓郁民谣风的《油菜花》作为主题歌？他也有与我一样的童年记忆？

我的老家在苏北平原一个叫“北湾子”的村庄。

儿时，四月份左右，屋前屋后，沟渠河畔，油菜花便张开笑脸，团团簇簇，接连无际，整个大地铺上了黄灿灿的锦绣。春意在明媚阳光中张扬，带着金灿灿的色调，流淌一浪浪扑鼻暖香。蜂飞蝶舞，虫鸣鸟唱，娃们迫不及待甩了厚重的棉衣，三五成群提着自制的网兜，拿着玻璃瓶，前呼后叫，嬉笑打闹扑入菜花丛中，往来穿梭，捕蜂捉蝶，好不热闹！金色世界里，娃们在挑猪草的间歇常常做这样的游戏，踮起脚尖比谁能看到金黄的尽头。但累得踮不起脚来，也找不到蓝天白云下浩如烟海的油菜花的尽头。

从离开北湾子进城求学起，我在城市里奔波三十多年，但油菜花还是一直像故旧，像亲人，让我牵肠挂肚，魂缠梦绕。油菜花开的季节，我总想能像儿时一样，整日在金黄里穿行，享受扑鼻的油菜花淳朴的香味。

“谁会记得我的模样，谁会记得我受过的伤，谁的欲望谁的战场，让我们都背离善良。何时才能回到故乡，何时才能看她的容妆，我用长剑劈断目光，劈不断我想家的狂。”视频里，流连油菜地的戎装盔甲的成龙摘枝油菜花别在腰间，一遍遍自问。那种渴望亲近油菜花的样子，让我想起前几日下乡途中的情景。

那天车出了城，忽然有人尖叫：“你看，你看，油菜花！”车上人便齐刷刷地站起，拥到窗前，朝外张望。其实，彼时还没到油菜花漫天遍野的季节。远远望去，春风吹拂下，只有少数等不得的一串串“黄”在兀自得意，摇摆身姿，撩人遐思。但几个人还是坚持下车去看，犹如在春暖花开的季节去见久未相逢的恋人。

“一条大路呦，通呀通我家，我家住在呦，梁呀梁山下，山下土肥呦，地呀地五亩啊……五亩良田呦，油菜花。”成龙大哥自问自答，质朴、乡土味十足的歌儿，尽是刀光剑影岁月里思念油菜花的吟唱。

油菜本是平凡的植物，菜花在乡间地头也随处可见，有农人精心播种的，也有上年弄丢的籽长出来的。但无论肥沃的田地，还是贫瘠的沟壑，它们都落地就生根，见雨就生长，春来就开花。生命力顽强，一垄垄盛开，让人怦然心动。

如今，普通得不能再普通的油菜花成为一种景观，一种文化，成为风行的特色旅游，大概因为返璞归真的神韵尽在其中。

“一条大河呦，通呀通我家，有妻有儿呦，瓦呀瓦房大，鸡肥鹅肥呦，牛呀牛羊壮啊，种豆种菜呦油菜花。”电影《大兵小将》描绘了英雄回归，平安、幸福地与爱人厮守到老的梦想，引起人们对战争的反省，勾起人们心中对和平、安定生活的向往。

一首《油菜花》，回归温情，在金黄的宁静里把季节读成厚厚的岁月。

“春有百花秋有月，夏有凉风冬有雪。若无闲事挂心头，便是人间好时节。”五亩良田，种豆种稻，种油菜花。

自然最美，简单最好，花开正浓，一起去看油菜花，好不好？

安与丰

安定、安心、安宁、安稳、安闲，安民、安慰、安抚，安身立命、转危为安、安家立业、安邦定国……

丰润、丰腴、丰饶、丰盈，丰盛、丰富、丰沛，丰采、丰度、丰碑……

站立安丰古街，一个个与地名有关的词在脑海里咕嘟咕嘟冒出来。

砖青瓦黛，古街老宅，被岁月的脚板打磨得亮光光的悠长的石板路，明清古街镌刻着岁月沧桑。刚刚穿越繁华商业区宽阔的水泥马路，便进入牌楼矗立、古屋参差的长街曲巷。

“银屏纨嶂白瑶磐，千百嶙峋簇粉圆。”（《安丰八景》之一）三五百间旧屋的槅子门，古代的钱庄，简陋的布鞋铺，房上的老瓦花，屋内的旧柜台，时光仿佛倒流百年。

一片古街，座座古屋，幽幽古巷，浓稠悠久，缠绵启迪，古街古韵怎一个“安”字了得。

“安，定也”（《尔雅》）。“女”在“宀”下，表示无危险，安定，安全，安稳。柔弱的女子坐在家里，安宁地织布、描眉、画画，不受自然灾害的侵袭，不受猛兽的侵袭，不受外来的伤害，便是“安”。

“如乐之和，无所不谐。”（《左传》）安与丰是人类孜孜以求的理想目标，古街告诉世人先人们早已深知安而后丰，安才能丰的道理。

潮阻民安。北宋范仲淹主持修复世称范公堤的捍海堰，濒海农田遭淹的问题解决了，近海之民亦无海水之患，生活、生产无忧。宋元以来，盐商船家将压舱石带至安丰，砌盐码头，铺运盐路，渐次衍成石街，沿堤筑街建市，粮行木行当铺林林总总，饼店香店钱庄茶庄熙熙攘攘。

御侵民安。走进榻子门，跨过高高的门槛儿，转过身来，大门吱呀一声关起，木制大门后的门闩内暗设的小木栓咔嗒一摁，门闩卡住，门后两道横木杠杠上，阴阳相扣，刀片插不进，还有哪个盗贼能进？

消灾民安。青砖小瓦马头墙，回廊挂落花格窗。安丰古建筑群融徽州民间建筑艺术和淮扬地方民居文化与一镬，或前店后坊，或前店后宅，那高低错落的马头墙，随屋面坡度层层迭落，以斜坡长度定为若干档，墙顶挑三线排檐砖，上覆以小青瓦，并在每只垛头顶端安装搏风板，应房屋密集防火、防风之需，在邻居有火灾时，隔断火源。马头墙高低起伏，错落有致，黑白辉映，明朗素雅，有万马奔腾的动感，也隐喻生气勃勃、兴旺发达。

于是，便有了丰，即繁体字“豐”。在《说文解字》里，丰，盛器装满了宝物；丰，豆之丰满者也。

民以食为天。被奉为贡品的蚕豆，唯有安丰的大蚕豆。粒大皮薄，色泽青白，豆质粉而细腻。煮青豆鲜美沙甜，炒干豆香脆且酥。其形大如拇指，豆身中间凹陷，形似牛脚，得“牛脚大蚕豆”雅号，易地种植则变味变形，便又添神奇色彩。还有果实形状不一、大小各异，或像稻谷、或像麦子、或像黄豆、或像高粱的五谷树。唐代水系八卦水阵育出的“长寿萝卜”……

“世人不肯居斯下，谁知下里乾坤大。万派具从海下来，天大还包在地下。”王艮曾以《咏下》一诗诠释他的“百姓日用即道”，民生、民福是安丰的人文思想。水陆变迁，朝代更替。青砖小瓦，石街袤长。遗世的门窗格扇浮雕，固守的斗拱石器阳刻有绕梁的余音，民安物丰之道亘古不变。

故乡的秋

九月的阳光无力地洒在大地上，显出一脸的疲惫，一如年迈的父母日渐苍老的面容。当早晚微微的凉风抚弄我的脸庞，点点秋雨间或从云端不经意地飘落时，我知道秋已来了，那凉意不由得让我更思念起故乡的秋来了。

故乡在那远离城市喧嚣，疏离都市霓虹的北湾子。那条大河如我的父老乡亲，劳作不止，一直向东。奔向大海的途中，在我的北湾子休憩休憩。

于是，故乡的秋也就有了别样的景致，别样的情趣和刻在我脑海中的别一番韵味。

故乡的秋是娃儿的秋。父母们忙于收获与播种，是顾不上管娃儿的。

天高云淡之中，孩子们便有了更为自由的空间。

扳几根成熟了的玉米棒子，烧火做饭时放在灶膛里烧出满屋的香气来，啃得满脸满嘴的黑灰。

屋前屋后追逐嬉戏。渴了，双手一合，捧一把清清的河水喝了，便又去玩了。

趁着大人们收工纳凉，交流收成的时候，尽管听他们天南海北地神侃，共同分享从春到秋的辛劳和喜悦。

虽是满世界地跑，儿时的生活并不富裕。然而，留在童年记忆中的故乡的秋却是快乐的。

如今想来，那时的每个瞬间都是一幅静态油画，整个画面都溢出静静的欢畅。

今年的秋我回家帮父亲撑船运玉米。

船在范公堤西水乡弯弯曲曲的小河中悠悠地向前，船头的水在欢笑。父亲站在船头，不时地点上一篙，控制着船的方向。父亲说："农村人春的时候播种，秋的时候收割，无论收成，总是高兴。没有非分的想法，没有多高的要求，就像河水，清清淡淡的，你老是生活在城里头，生活要求高，容易产生非分的想法，灯红酒绿看得多，容易产生不切实际的欲望……"

我一脸的诧异，回望父亲。父亲是对我说的，可能是我经常回家发牢骚的缘故。父亲腾出手来点支烟，在船有些偏向时，又用竹篙点一下，并没说下去。

倏地，我明白我为什么常常想起故乡的秋了。

没有桃红柳绿，没有花香鸟语，没有迷人的景致，只有诚实劳动的快乐和纯朴平和的安宁。在如今日益浮躁的世界，用一颗平常心慢慢体会故乡的秋，让我静静地学会做人。

小丫红玉

天还没真正暖起来的时候，同学从三仓打电话来："在家么？捎两箱西瓜给你，'早春红玉'噢。"声音里，满是兴奋与自豪。

同学是我高中的同桌，很内敛的一个人，大学毕业后被分配去了三仓，后在那儿娶妻扎下根来。他岳父大人家种西瓜。平时大家都忙，难得一见，但年年早春，他总是很灿烂地来，带着"早春红玉"，也不知道一路是提着抱着还是拖着扛着来的。

很朴素的箱子打开，六个小小的、圆圆的、黑黑的、带些许花纹的"脑袋"就探出来了。我能体会到同学夫妻俩每年的那种心情，就像为父嫁女般，亲手把美丽得不一般的小丫交给人家，心里高兴着呢。

可不是吗，仅是小丫的姓与名，就让人浮想联翩，联想起醉酒的贵妃、江南的村姑。"早春"是姓。这姓里，一个"早"字儿多金贵，一个"春"字儿多巧妙。"早春"是季节的指向，暗含成熟时间，少女怀春，情窦初开呢。"红玉"是小名儿，也是大名。如乡下娃儿的名字，土，却返璞归真。生她养她希望她红，但无论多红，也不改变玉洁冰清的节操，"红玉"这名儿，大俗大雅。

一方水土养一方人。"早春红玉"家在黄海之滨，那里光照充足、雨水充沛，土壤夜潮透气，特别适宜西瓜生长。好小丫总为娘家增光着鲜，"早春红玉"虽不是我亲手养大，我却沾了小丫秀外慧中的大光。出门在外，提起家乡，人家一句"东台，'西瓜之乡'"就让我心里老美了。

上海人是挑剔的，除了穿，更讲究吃。不过，“早春红玉”可给咱东台在大上海人面前撑足了面子。每次遇到上海人，他们总会送上一句：“侬艾饿东台西瓜，阿拉欢喜得不得了的呃……”

而南京人表达对咱们家“早春红玉”的爱意就是另一种方式。很久以前去省城南京。南京人听出我东台乡音，问：“阿吃过啊？‘爆炸瓜’，不要太好吃哦！”当即愣住，无言以对，不知“爆炸瓜”为何物，缘何会这样说。再一谈，原是因咱们“早春红玉”皮薄易裂，不需刀切，自爆开裂，他们就直直地叫它“爆炸瓜”了。

后来我到南京的时候，就喜欢站在街头，听或看南京人买西瓜：“东台的爆炸瓜，啊是的呀？”“正宗‘爆炸瓜’，不买马就么得了！”“爆炸瓜”代替了“早春红玉”的名儿，看南京人那样的欢喜，我明白这场姻缘，就像平常夫妻，男人一声“婆娘哎”“老婆子哎”一样，那个欢啊，很平常地爱在一起。听得多了，就觉得“爆炸瓜”这名儿，形象，生动，视觉听觉嗅觉兼顾。

现在，我常常会邀远方的客人去早春红玉的闺房探秘，在“天街小雨润如酥，草色遥看近却无”的时候。

那闺房真的很壮观，白色塑料大棚一望无际。一大片一大片，在黄海滩涂上排开。外面，惨烈寒冷还没有远去。进入里头，碧绿的瓜苗长势就已很旺盛了，一派春光无限的景色。

在西瓜大棚里稍待会儿，汗就会流出来。人也就会犯迷糊：外面还寒风凛冽，这里边是春天吗？不像，热得有点像夏天！

还真是。黄色的花儿相继开放，瓜苗排排坐果，豆蔻小丫“早春红玉”不施粉黛，眉眼渐开。熏风送来甜甜糯糯的瓜香，“早春红玉”躲在茂盛的青藤和小小的叶片后面，裹一身间杂黑色条纹的碧绿衣裳，光滑细腻，或三五合抱，或成双成对滚在一起，娇羞玲珑又顽皮十足地静睡着，贪婪地吸取娘家的养分，尽情地享受着阳光的欢乐，一副“皇帝的女儿不愁嫁”的样子，只等“心上人”主动上门。

亮　叶　子

“小时不识月，呼作白玉盘。又疑瑶台镜，飞在青云端。”（李白《古朗同行》节选）月亮如盘如镜般圆。而我，只是把它叫作“亮叶子”，至今也改不了口。（亮叶子，东台方言，指月亮）

我想，最初把月亮叫作“亮叶子”的定是农人。因为，他们所见的月多是如叶子挂在天边的。譬如我的父亲母亲，总是随着一弯新月夜里爬起来拾掇庄稼活，总是在“亮叶子”静静悬于天上时，顶着一弯月色从田间回家。这是他们全部的日子。

即使到中秋节，我们兄弟姐妹见到的也是弯弯的“亮叶子”。

秋季忙得很，尤其中秋。稻子熟了，玉米黄了，棉花白了。“亮叶子”满天洒下明朗的光亮，让农人快快地把丰收果实运回家。母亲常常把我们安顿在摘下的棉花堆中，说声“别尿在棉花上”，又急急地和父亲一起抢收满地满眼白棉花了。秋虫唧唧悦耳叫。河堤上的苦楝快乐地摇曳。黄狗的叫唤被流动的光亮冲得零零碎碎，又添几分神秘。一切都被“亮叶子”的光熏醉了，我们也是，常常在梦乡中被父亲母亲和棉花一起担回家。

那时，也许太忙，也许太穷，中秋节后父母才会说起这么个节日。即使后来有些余粮了，我家也是在稻谷进仓、棉花摘完才过中秋这个节。

父亲母亲做冷锅饼。母亲在盆里把干面和上水，添上酵头，连同我们的期盼一起藏在棉被里。隔天，半盆面涨成满盆了。稻草添进灶膛，风箱呼呼拉响。母亲烧火，父亲站锅。父亲把发好的面倒进锅里，不断叮嘱："火不能大，火大了，外焦内生的。"母亲应着："晓得噢，一点一点添的草呢。"我们眼睛眨也不眨地盯着锅，幸福温暖和着冷锅饼的香迅即在家中弥漫开来。表面橙黄中间凸起边缘薄，几粒芝麻像星星的冷锅饼起锅时，母亲一声"来，分'亮叶子'啰"，圆圆的饼被切成四片弯弯的"亮叶子"。我们一点点咬，尝到酥脆、松软、柔韧、糯甜。父亲点上烟锅，一旁眯着眼看我们。

现在，我的孩子已经不把月亮叫作"亮叶子"了，很可惜。但我永远忘不了那片挂在天上的"叶子"，如水般倾泻着皎洁、安详、温柔。"亮叶子"，一个家乡方言的独创词，一个田园里产生的词，一个很美很诗意的词，已经融化到我的血脉里了。

高速无风景

车沿高速公路疾驰，空气摩擦车体呼呼有声，沥青铺成土的黑色路面上留下一条条白色的印迹。没有起起伏伏，没有颠颠簸簸，平稳与舒适让车上的人昏昏欲睡。我两眼大睁，无聊至极，努力地看着窗外。

公路两旁，高大挺拔的白杨飞速后退，瞬息间被抛出数公里远。不知不觉间，我们已跨过两省，途经三个大城市、九个县城。

“到哪儿了啊？”同行的人昏睡间醒来，伸伸懒腰，问我。

“不知道的呀，等一下看下站路牌吧。”我无奈地告诉他。上个路牌已过去十多分钟，真不知现在所处何处。

公路两旁，景致看上去很美，一路全是意杨树，虽有花，虽有草，但并无区别。多次走过这条高速，时间在变，地点在变，可是，这景在我眼里始终没变。虽然经过了一个又一个村庄，一个又一个城市，但从没见过一个村庄城市独具特质的标志。

“唉……”一长者长叹，“几十次来来往往，经过这么多城市，模样都没看到过。”

无论在高速上走多远，大脑里留下的都是纵横交错的笔直平坦的公路与车流。长者的叹息又激起我内心里一句话：高速无风景。每次走在高速上我都会想到这句话。

高速无风景。我的话泛起了涟漪，昏睡的人们来了精神，纷纷感叹。现在，无论是生活还是工作，我们都走上了便捷的高速，只是我们丢掉了许多沿途的风景。

衣被要洗了，丢进洗衣机，洗完，烘干。要烧饭了，免洗米放进电饭锅按下按钮。省时省力了，但家庭却失去了充满烟火气息的“红袖添香处、举案齐眉时”，失却了“你耕田来我浇地”那种真挚与互信、默契与体贴、亲密与温情。

跟家人朋友叙说亲情与友情，发个微信，打个电话、QQ 在线一聊……便捷了，钱也省了。但我们也失去了在夜深人静的夜晚，摊开信纸，伏案疾书，洋洋洒洒将心灵深处的语言流云般散落在纸上，将真挚而亲切的情感托付于笔尖的美妙与情怀。也失去了鸿雁传书的激动与欢乐，失去了文如其人的遐想与回味。

写作时查找资料，我们已经习惯了“百度”，几秒钟，就把多方寻找查证的时间给省了。但我们也失去了精心阅读，仔细摘抄品味优秀作品时的乐趣。

高速公路两旁密密的护网护栏，一个接一个的“追尾危险”的警示，迅速向后退去的意杨，刺激着我的眼球和神经。牛、马、行人早已被冷冰冰地拒之道旁。向前，向前，向前，这里是机械与规矩的天地，温情已经远远地让路了。汽车、火车、飞机，一样比一样速度快，相隔千里说来也就到了，相逢的意外与翘首以待后的惊喜却少了许多。

日行八百，夜行一千。坐在高楼大厦的小房间里，透过玻璃去观察，体会的是速度感，穿行感，让一路狂奔的我们忧虑、恐慌、焦躁。竞争，竞争，除了竞争还是竞争，现代社会推崇速度，人们生活节奏越来越快，唯恐落后。

田野，山丘，水塘，沟壑，树林，屋舍，离我们越来越远。天真幻想的童话、花开花落的四季更替，源于自然的白云露珠于我们渐行渐远。灵魂深处恬淡的山水田园无处安放，有时，人们甚至忘记了内心真正需要，忘记了身体的真实感受。

高速无风景。人生高速上，要想体会人生真谛，我们不妨按女作家毕淑敏说的那样去做："人在容光焕发精力充沛的时候，不妨花点时间琢磨琢磨这件事……平常的日子，脑子转的速度不必那样快，步子的频率不必那样高，声音的分贝不必那样强，睡觉的时间不必那样晚……"（毕淑敏《离太阳最近的树》）

桑树果儿熟了

“麦秆草割，麦秆草割……”布谷声声催，麦子黄了，麦子得收割了。三夏大忙的季节就要到了，我带妻子女儿回老家帮父母忙。

“桑树果儿熟了，桑树果儿熟了！”车未停稳，女儿在院子门前叫了起来。

门前河边，已有成熟了的紫桑树果儿掉在地上，记忆瞬间被拉回到我小时候。

每年三四月，娃儿们就开始惦念桑树果儿。挑猪草羊草时去转转，看桑叶后小小的花儿变小小的籽，看小小的籽变青青的果。看到五月果儿绿变青，忍不住了，偷一颗一点一点咬。明知道涩，还是盼望它的甜。

麦子顶刀该开镰收割的时候，红的紫的黑的桑树果儿，就不再躲藏在片片绿桑叶中，一串串迎着变得火辣的太阳，迎着微微吹着的风儿，一闪一闪地探着头招引着娃儿，散发诱人的光芒。桑树果儿能吃了，何况，三夏大忙的，大人管不到娃呢，娃儿便放肆地开吃。

在农家一年买不到几两糖的岁月里，有了桑树果儿的日子娃儿简直是在过节。桑叶柔柔的清香，桑树果儿酒醉过一样的红紫。红而后紫，紫而后黑的桑树果儿最甜，还有特别的香。

每每到了这个季节，男娃迫不及待上树，以树丫为座，一把把摘了捂到嘴里，清甜直沁心脾，贪吃得汁水顺嘴角流下来，得意地向树下女娃炫耀。桑树是温柔敦厚的，又软又韧，男娃儿们便有了耍花招的法子，在树上得意地摇来荡去。

“沙，沙……”成熟了的桑树果儿一个个掉下来，犹如男娃们的心，讨好地落到地面上来。女娃儿坐享其成，嘻嘻哈哈享用熟透了掉下来的桑树果儿。

也有心细的男娃摘下一把用衣裳兜着，滑下树与女娃共享醇甜。农家女娃没化妆品，她们故意且恰到好处地把汁留在唇上，享用不花钱的口红，推着嚷着，说谁谁今天是新娘啦。男娃呢，吃得满脸满身的红，用果汁当红墨水，在地上墙上写打倒某某或在名字上打叉。

不过，刻在我记忆里的桑树果儿是能治病的。我常常看到乡下的那些母亲们用桑树果儿煎熬些红红的汤，一匙匙地喂娃儿。那时，我只知道好喝，直到工作了以后，不能归家，也是桑树果儿红的季节，思念中去查资料，才知道它又叫桑葚，对贫血引起的唇白、足冷、目眩、神经衰弱等都颇具疗效。

母亲见孙女在桑树下抬头仰望，便说我小时候吃桑树果儿的种种细节和糗事，逗得妻子女儿笑弯了腰。

妻突然问母亲：“桑树果儿这么香甜，怎么就不摘下来当水果卖?”

母亲笑了：“桑树果儿好吃，可小模小样的，土。熟在大忙季节，大人哪顾得上，只有娃眼睛能看到。”

是的，小家碧玉的桑树果儿，虽婀娜多姿娇嫩鲜美独具风味，但忙忙碌碌的人们却不把它当水果。就像乡下纯朴的女子，为了丈夫，为了孩子，生活的沧桑揉碎了青春，可人们还是常常忽略她们的纯纯的美丽、坚韧的性格。

桑树果儿红的紫的黑的色儿欲落欲滴，我摘了些带回城。晚上，坐在沙发上看着电视，桑树果儿送进嘴里，甜甜的感觉充盈我心。舐舔嘴角残留的甜汁，别有一番滋味在心头，就想儿时树下用桑树果汁当口红的伙伴儿，你们还像儿时扮新娘那样美丽快乐吗？儿时像皇帝般树上坐着如今在他乡打工的伙伴儿，你们在他乡过得还好吗？

来客人的时候，我呈送上桑树果儿，我颇有些骄傲地告诉他们，这未被人注意红如玛瑙的是桑树果儿，很朴实，没其他水果出名，却是一种香甜美丽并对身体有益的水果。

稻花那个香

“那是什么呀？黄黄的！”回家的路上，刚出城妻子便指着稻田大呼小叫。

是啊，没有傲霜斗雪梅花花魁的称谓，没有花中之王牡丹的妖娆多姿国色天香，没有花中珍品山茶的富丽堂皇，没有亭亭玉立荷花的冷艳幽香，没有艳丽多彩玫瑰花的热情奔放，更没有花之君子兰花的天下第一香，城里生城里长的妻子哪里知道世上有这么一种不起眼的花儿——稻花。

我的童年是浸泡在稻花清香里的。稻穗扬花，母亲拔草除稗，背着我穿行稻田，稻花那淡淡的幽香随风飘散，沁人心脾。在香气的熏蒸抚慰中，我在母亲背上甜甜地睡。萤火虫儿点上灯笼时，母亲背我回家。对镜一照，头上、脸上到处沾满了淡黄色的花瓣和花粉。即便入梦，那稻花的香味也是不肯散去的。

“从早上九点至下午三点温度最高时水稻抽穗扬花。稻穗从叶鞘中伸出叫抽穗，稻穗在穗顶颖花露出后开始开花。水稻是自花授粉作物，颖花受粉后，营养物就不断向子房输送，整个子房逐渐膨大、充实，形成糙米。”我不无炫耀地抓紧机会向妻子女儿普及农业常识。

“‘稻花香里说丰年，听取蛙声一片’，说的是这稻花吧！可是，这花不惹眼，也闻不到香，不能算作花吧。”女儿欲言又止，唯恐伤我农人情结。

“水稻从播种到扬花需积温两千多度，积不到花就不开，而花期只有几天哩！”我试图说服女儿认识稻花。

“几天？这稻花绽放的生命也太短了。”长大的女儿叹惜。

一路看花淡似烟、瓣薄如翼、清香若无的稻花，眼前这稻花，心无旁骛，全身心无条件奉献自己的营养，奋力繁衍生命，让稻粒丰盈。想到那些，种地或进城务工的姐妹，如这稻花一样日晒夜露，披风沥雨，没有炫目的浓妆艳抹，只是淡然积蓄生命的所有，献给家庭。

“稻花那个香是要像它一样勤劳质朴、辛苦耕耘的农人来感受的。只有他们才能读到这样的心与自然的共鸣。”说与妻听，妻莞尔，不吱声。

我们陶醉地凝望，美美地欣赏，饱览眼前顶着炎热的日头，平凡而美丽着的稻花。它们清清淡淡地香着，从不作秀，而是把梦的细节静静地藏在胸中，朴实谦逊、厚道丰盈，安静温柔地孕育稻穗，滋润农人。

读　秋

或许是血液中流淌着农人的血，我心中的秋是悠扬温怡欢天喜地的，一景一物皆蕴透着浓郁的秋色秋香。

一阵紧似一阵的秋风中，稻谷黄、棉花白、柿子赤、石榴红，这样的秋色无处不是欢欣鼓舞。

最喜欢的秋景是这样一幅油画：田头，父老乡亲选一棵成熟的稻穗，一粒一粒抹下来，放在手心数。一粒、两粒、三粒……唯恐数丢了收成。数妥，捏一粒放嘴里，嘎嘣嘣的饱且脆，在手上碾了轻吹糠皮，眯着双眼看手心还带些许绿糠皮的米，而后满意地点点头。

春的播，夏的种，点点滴滴的汗水洒落颗颗稻谷。收获的焦灼和渴望经过一春一夏的发酵，到这时，粮食将进仓，瓜果在飘香，理想的储仓就悄悄地丰满了。

收获劳动果实是多么幸福的享受啊。父老乡亲们不仅没有丝毫的愁绪和哀叹，反而是在心底里感谢大地给耕耘者微笑，盘算收获后又一轮播种、耕耘。

秋意漫洒苍穹，秋里洒满了太多的物象和意象。落寞孤独地坐在城市的高楼里便平添感伤，秋便变成一首忧伤的诗。写不尽如烟的客愁、如雾的梦乡、幽怨感怀彻悟，生千百种托不起的心绪。

而你到田野里去听、去看、去思、去悟，亲近了朴实的厚土，秋就变成一首欢快的歌，欢快悦耳，清韵悠扬了。

“一年好景君须记，最是橙黄橘绿时。”秋天是收获的季节，金灿灿的稻溢着秋的浪漫。

飒飒秋风涤尽胸中积郁，让人神清气爽，红透的果实成熟饱满得让人心动，飘落的黄叶也是欣欣然为又一年的成熟而去。每个瞬间都是一幅静态油画，整个画面都溢出静静的欢畅。

“自古逢秋悲寂寥，我言秋日胜春朝。”秋季真正的内涵在于它成熟的魅力。秋的诗，该漂浮阵阵稻香；秋的情，该流溢苦尽甘来的味道；秋的生活，该蕴含沉甸甸的成熟与永恒。

成熟与永恒，这才是真正的秋！

鸟 惊 心

一

“喳，喳，喳，喳——喳——喳——”春来时，家门前的大树上，来了两只鸟。

它们欢快地叫着，长长短短，琴瑟和鸣。我想，它们该是一对夫妻，一对很恩爱的夫妻。不然，它们不会这么一唱一和，从内心里欢欣鼓舞。

它们同来同往开始筑巢。筑巢的地点选在高高的枝上，一个有三四根枝丫伸向天空的地方。

开始的时候，筑巢很难。树枝随风摇摆，辛辛苦苦运回来的短枝不时会掉下来。但它们并未放弃，仍然喳喳地相互呼唤着出去，衔着树枝再扑扑地飞回来。

我看到它们常常看着掉下来的短枝，跳一下，转动一下身体，发出一声或两三声鸣叫。也许，是在总结经验与教训。

不顺很快被打破了。呼啦啦飞出去，有时各自衔一根。有时，竟只衔一根，各叼一头。而后，雄鸟放一根，雌鸟也放一根，枝压着枝，就稳固了。

短树枝一根根搬运回来，它们出去的时间有长也有短。路途也许很近,也许很远。但那些树枝显然是精心选过的,有树上落下的枯枝条,有被大风吹断的杨柳枝,长度差不多,粗细也均匀。

无论刮风还是下雪,无论朗朗晴天还是阴霾密布,浩大的工程一天也未停止。两只鸟来来回回,一日复一日,忙忙碌碌。主体完工后,又衔回芦苇花、枯草,还有羽毛垫在巢里,铺婚房一样,认真而细致,那该是它们爱床上柔软舒适温暖的毛毯和褥子吧。

心爱的鸟巢建起来的时候,我心"扑通"动了一下。

几百甚至上千根树枝纵横交错,相互穿梭,严密有序。大大的鸟巢,下小上大如碗般圆,高级设计师精心设计一般,精致地立在有两层楼高的大树上,风儿吹不走,雨雪冲不垮。

它们安顿下来了。舞姿婆娑,神采飞扬,尽情欢唱,我能感受到它们共同筑成爱巢的喜悦,觉得似在听一场前所未有的交响乐。

是大自然把他们造就成能工巧匠,还是爱情的力量让它们化腐朽为神奇?有多少人能像它们一样,一无所有时不离不弃,心无旁骛并快乐地共筑爱巢?

二

连着好几天,树上没有了对鸣。好奇心让我忍不住又关注它们的生活。

只见它们中的一只轻轻地飞出去,而后轻轻地回。还有一只静静地守在巢中。

我想,飞出去的大概是雄性的一只了。它在尽"男人"的责任,来来往往觅食犒劳雌鸟。

静静地待在巢中的可能是雌鸟。安心生育,用母亲的体温孵化小生命。既享受家中"男人"的爱和呵护,又把母爱献给即将诞生的小生命们。

雄鸟寻食归来也不休息，常立在高处警戒。倘是有人走近或不远处国道上有汽车轰鸣，则警惕地在巢的枝丫上直转，甚至鸣叫不已，警醒巢中的雌鸟提高警惕，防止侵袭。

幼鸟轻唤，它们又双双飞来，活跃的姿态尽显它们升格为父亲母亲哺育儿女的喜悦。

雄鸟和雌鸟觅食归来。小鸟们吱吱地细声叫唤，头探出巢，硕大的脑袋光溜溜的，眼睛里是新生命对外界的陌生和新奇。

它们扑扇着翅膀把嘴巴伸进嫩喙，小鸟儿无比欢欣地也扑扇着嫩翅接住父母衔回的虫子等美食。

它们忙碌而又其乐融融，很温暖地生活着，洋溢着一片鸟语温馨。我心里生出许多温暖。这也许就是鸟儿家庭生活的样子吧。

男人与女人，永远的话题。家庭的幸福美满，一生的课题。作为人类，每对男女都能做到如鸟儿般对家尽心尽职，让爱与被爱在家庭里比翼双飞么？

三

可是，有一天，我见到了雄鸟和雌鸟的残忍。

那是小鸟儿羽翼渐丰时。雄鸟和雌鸟双双捕食归来时，不再飞回巢中，只是飞到鸟巢外的树枝上，一声声地呼唤儿女。

那些稚嫩的儿女吱吱地叫着，盼望着得到食物。但它们的父母却始终无动于衷，仍是在巢外的枝丫上鸣叫，在大树的周围盘旋。叫一会又飞走，再飞回来，高一声低一声，声声唤。

雄鸟和雌鸟有时还翅膀一展，画道斜线飞上我家的屋脊梁。而后，侧头回望鸟巢，还大声发出响亮的嘎嘎声。像是在做飞翔的示范，又像是在苦口婆心地劝说。

小鸟儿开始惊恐和焦灼，它们在巢里微微地颤动着翅膀，奋力仰起小脑袋努力地追寻着父母的身影，不知至爱双亲为何突然这样极度冷漠。

雄鸟和雌鸟就这样高高低低地飞着鸣叫着，小鸟们"啾……啾……"地应答着。

突然，我惊讶地发现，有只大鸟似乎是下了狠心，飞回巢中，扇着强有力的翅膀，驱赶起小鸟儿来。

小鸟们更惊慌，也扑棱起弱小的翅来。啼叫声声，凄惶，惊慌，也很哀伤。

也许是被逼急了，也许是饿急了，也许是父亲母亲的无情激起了小鸟们的力量，它们终于振动着嫩翅出了巢。尾羽扩展，双翅鼓动，拼命扑翼，很是笨拙。

不好！我心里担心起来。一只，两只，三只……首次出巢的小鸟儿好像要掉到地上了，我吓出一身冷汗。

但就在要摔到地面时，它们一齐翘尾、颔首，展翅，终于飞翔起来了！尽管姿态很不洒脱，很不悦目。

很快，小鸟们知道广阔的天空是属于它们的了。几次试飞后，便婉转歌唱，自由，祥和，闲适地在大树与屋面间来来回回了。

我唏嘘不已。

谁不爱儿女，谁不护儿女，而这对鸟儿却在儿女们翅膀初长还嫩时，用尽各种方式逼儿女们离开温暖舒适的鸟巢去飞翔。为人父为人母的人都能做到么？

绿　魂

一场秋雨一场寒。芍药嫣红的花蕊被秋风吹瘦了红颜，梧桐翠绿的叶子被秋雨侵蚀得遍地飘落，生命力极强的庄稼也都紧赶慢赶走进谷仓。无数凋零的声音在天地间低低地徘徊的时候，麦子却欣欣然迎着流霜走向田野。

白露寒露，种麦收豆。刚犁耙过的地里，农人挎着装麦种的篮子，抓起一把麦种，一点一点抛撒出去。金黄色的种子迎风飞扬，画一道漂亮的抛物线，一闪身与大地紧紧拥抱在一起。

农人每天都到地里，看麦子的嫩芽有没有钻出来。粗糙的手摩挲着耙得细细的土，用心倾听土地的脉搏和麦子出芽破土的声音，满是皱纹的脸上有担心。因为，很少有种子会在秋天播下的。

其实，担心是多余的。麦子抢在严冬来临前就争先恐后地拱出地皮，一行行、一片片地把黑土染绿。有了这些绿，农人就不担心了。麦苗不见长而日日长，它们在枯萎的天地里从容展现绿色的生命。

于是，冬天不单调，有麦子的绿呢。

寒风掠过，麦子不怕，它绿着。它心里有期盼。傲立寒风望望被击溃的风，它知道朔风呼啸后是返青的日子，它要用返青嘲讽漫长冬日的肆虐。

霜打苗头，麦子不怕。它绿着。它心里有等待。挺直腰身给寂寞的季节添上绿色，只要不放弃生长，麦浪滚滚的日子终究会来到。

到那时，它要用力地灌浆，用金黄灿灿感谢冬日切肤的磨砺。

雪剟身姿，麦子不怕。它绿着。它心里有信念。傲立冰天雪地积蓄自己的能量，一旦春风吹过，冰雪消融，就用雪白雪白的面回馈冬雪，滋养人类，展示纯洁的内心。因为，瑞雪兆丰年呢。

石碾脚踏，麦子不怕。它绿着。它心里有梦想。无论怎样践踏，它也不胆怯，农人正或坐或蹲帮它薅去杂草呵护着它。它站在冬日暖暖的阳光照耀着的无垠的旷野里和农人一起放飞颗粒丰满圆润的梦想。

霜降时发芽，冰雪里思想，春来时抽穗，酷暑里收获。麦子在奔向大地的那一刻就知道历练苦难才有收成，就知道怎样将冰雪化为生命里温柔的圣水把春天守望。它们手拉手肩并肩，依偎着大地的胸膛，在漠漠严寒里一畦一畦绿着，矢志不渝。

在 雨 中

夏日清晨，有些许闷。太阳虽没升起来，天气却异常燥热。

晨练后即至菜场买菜。不经意间雷电交加，霎时大雨倾盆。偌大的菜市场瞬间失去原有的喧哗吵闹。头顶上雨棚年久失修，哗哗啦啦的水流找个缝隙便恣意地从上面浇下来。菜贩们慌慌地收拾菜蔬，本还在聚精会神地挑挑拣拣讨价还价的人们愣愣地站立着，寻找避雨的地方，不知所措。几个年轻人也许是急着上班也许是因年轻气盛根本就没把这雨放在心上，也许压根就没有多考虑，拎着菜篮冲进雨帘，消失在雨雾中。

雨越下越大，有的人等得不耐烦，跺着脚骂该死的天早不下晚不下偏偏这个节骨眼上下，抬头望望天低头看看地，雨在泼洒着，一脸的不平与无奈，只有望而却步。

几位有先见之明的老者，很是得意地撑开携带着的雨伞不急不缓悠然地走了。

与此同时，菜市的出口处传来阵阵吆喝。原来，也有盼望着突如其来的大雨的。花花绿绿的雨伞、各式各样的雨衣雨披，就那么临时放在菜场出口的地上，人们也不还价，害怕晚一步就买不着似的，纷纷买一样遮风避雨的工具上路。吆喝者只管笑容可掬地把钞票放在胸前的小包里。

远望着突如其来如烟的雨，远望着雨中人们的百态，我想，人生不也是如此吗？风雨常常也是这样，甚至没有多少征兆地就来了。

人生几多风雨。面对风风雨雨，人们会有各种各样的应对方法。一种人，总是打有准备之仗，即使灾难不期而至，他也能及时避免，提前准备，撑起保护伞，在风起云涌中闲庭信步；一种人，对突如其来的变故惊慌失措，乱了阵脚，慌乱中变成落汤鸡，甚至还会“感冒发烧”一蹶不振；还有一种人，原地踏步，只是诅咒灾难发生，盼望着难熬的日子早点过去；也有一种人，不知所措地在无奈中消极地等待，在等待中误了人生路上好风景；却有一种人，面对人生的风风雨雨，带着不经历风雨怎能见彩虹的理念，以天塌下来双手擎的气概，奋不顾身毫不畏惧地勇敢面对，越是艰险越向前，奔着希望而去。虽然身心疲惫也许还会受伤，但却增加了一种阅历、一种人生体验，收获一份人生的成熟与希望；更有一种人，化险为夷逢凶化吉，把风险与灾难变成难得的机遇，并且高瞻远瞩把握契机，变危为机，站上成功的巅峰。

阴雨连绵、电闪雷鸣、滂沱大雨、狂风暴雨……人生不可能没有磕磕碰碰、坎坎坷坷、风风雨雨，风险随时可能降临，机遇与风险并存，就看如何面对。

迎来雨后初霁，阳光灿烂，关键是看你面对风雨，做何选择。

风雨中的墙头草

“轰，轰轰！”一道电光闪过，它进入我的眼帘。

风刮过来，它弯下身躯。风刮过去，它挺起腰杆昂起头。

它是什么时候来的？我不知道。

书房窗台下的院墙，抹的水泥，为了防盗，我还在上面插了许多的碎玻璃。

它肯定是春天就来了的。不然，没这么高，已经有五十厘米高了。它似乎明白墙头的贫瘠，不管不顾地坚强不屈地生根。没有喧哗，没有张扬。即使鸟鸣莺飞时我没有注意到它。

命中注定没有人注意它。因为，它不在温室。因为，它没有名气。就像穷人家的孩子，来，就是命运的安排。谁能掌控自己的命运？也许是风做的谎媒，也许是鸟的强迫，也许是自己迷途。后悔做什么？仰面朝天，不怨天。深深扎根，不尤人。结束漂泊与流浪，安定了就很好了呀。

我也不知道它是怎么长成的。天井很窄，阳光极少，却有穿巷风。但它却能在有着玻璃陷阱的墙头立足，长成五十厘米。在没有肥沃土壤，没有充足的阳光雨露，没有同伴分担喜悦与忧愁的日子，它不贪恋风和日丽的繁华，只是沉浸在希望的期待里，不放弃每分钟，在自己的时节，真实地长自己的叶，壮自己的茎。给点阳光就“灿烂”。

风雨真是无情得很。响彻云霄的雷过后，风又呼呼地掠过窗户，发出刺耳的尖叫，嗒嗒的雨滴打在窗户上，发出撞击的声响。扬起的飞尘让我看不到它了。可在风停的间隙，我看到它直直地挺着身子，似乎在鼓励自己，有根在，生命就在，就要活。又似乎在嘲笑无情的风残酷的雨，来吧，希望在，梦就在，就要绿。

又一道电光闪过。我看到雨水已经无情地冲刷了钢筋水泥上的点点尘土，它的根须全部白白地裸露出来。粗壮的主根，细巧的须根，齐心协力，紧紧抓住每一个能抓住的地方，扣住如丝的缝隙，如爆满青筋的手，一点不挪移。

我在窗内遥望着，风雨中的它，淡定从容，安之若素。

乌云尽散，雨过天晴。狂风暴雨没摧毁它，它更绿了，竟挽留了一滴雨在叶上。恶劣的环境养成了它感恩的习惯，它已经在感谢每一缕阳光，每一滴雨珠了。

雨后阳光的斑斓照在房子的白瓷砖上，再反射到它的叶上，叶片发出诱人的光亮。它一定已点燃新的希望的亮光：悄然开花，饱饱结籽，在枯荣间让子孙在田埂、在河畔、在山洞，甚至在墙头，生根、萌芽、长叶、开花、结果、繁衍。

它是一棵草，一棵勇立墙头、不屈的草。春来时，不张扬显摆。贫贱时，不心灰意冷。风雨时，不自抛自弃。生长时，珍惜时光。幸福时，感恩世界。就这样，欣欣然昂首向上，坦坦荡荡，走过自己的四季，享受生长的幸福。

不能忘却的镰刀

“什么是镰刀呀?”邻家几个孩子瞪着眼问。

“镰刀是收割庄稼的农具。刀片像弯弯的月亮,还有被手掌长久摩挲而变得圆润光洁的木柄。”我耐心地解释。

但从小在城市长大的孩子们很迷惘。

我亦茫然。刻进我记忆融入我血脉的镰刀,对于他们却是那么陌生,我怎能用简单的言语说清楚。

记忆里,镰刀是在红红火炉里出生的。

还是很小的年纪时,我与父亲一起去赶集,集市再热闹,父亲都先去铁匠铺。

铁匠铺里,风箱呼呼地拉,火苗旺旺地窜。红红的钢铁被夹出来,又红又软。铁匠早已赤了膊,大锤小锤叮叮当当敲打,火星四溅的世界中,镰被锤打出来。

“滋……”白色水雾升起,红红的镰刹那间涅槃蜕变成青色。每年去集市,父亲便总喜滋滋地带着镰刀回。

镰刀的锋利是磨出来的。父亲骑坐于长凳,在年代久远的老青砖上,就着清水霍霍地磨,不时用食指验验刃口的锋利,娴熟,一丝不苟。直到磨得寒星闪闪青光幽幽,磨成即使随风飘根细如烟尘的头发,也定会被刃成两半才罢休。

而后,伴着布谷叫声,在太阳炽烈的光焰和地表蒸腾的暑气的交织中，挥镰收割期盼了一冬的麦子。

田地里响起清脆的割裂声。随着农人挥手的弧度，麦子们如行大礼般片片倒伏，依靠在农人的臂膀之间，仿佛回归的孩子，迎向亲人的怀抱，再整齐地躺倒撒娇。

弯腰的农人的身姿如轻盈的镰刀，但锋利却割不断田野间的灼热气息。农人挥镰不止，汗珠，悄悄涌出，又静静滑落，滴在镰刀上，浸入泥土中。直到一捆捆麦子上了场，父母才在如银的月色下，仔细地将镰刀擦净抹油，再细心收起，等待秋收。

一年又一年，镰刀陪着父亲母亲去收割。一年又一年，我们长大。长大的我们被父亲母亲吆下地收割，他们不让孩子忘记家中的镰刀。

父亲母亲总是说，忘了镰，就会忘本。我们人到中年还始终不渝坚持这个观念。也只有人到中年，我们才由怨而喜，明白了镰刀真正的意义。

镰刀是属于乡野的，了解每一寸土地的意义，知道每一滴汗水的重量，懂得每一次收获的艰辛，更谙熟酣畅淋漓地劳动是幸福着的。

也曾在时尚家庭的墙上看到镰刀的身影，但它是装饰品，甚至可算是艺术品。我以为，挂在墙上的镰刀不是真正的镰刀。不仅仅是因为它没磨得锋利，没闪着光芒。只是觉得，它与土地无关，与劳动无关，是没有生命的。

邻家孩子疑问迷茫的眼神有些刺痛了我。我决定告诉他们和他们的父母，搁置的镰刀，对应着的可能是锈迹斑斑的日子。今年麦收季节，我要带我女儿和孩子们到老家去，去见见真正的镰刀。让他们知道，镰刀诠释着的是生生不息，是力量与汗水，是大汗淋漓、热火朝天劳动着的幸福。我们不能忘却，我们应该对镰刀充满敬意！

空中飞舞的年

“豆腐豆腐，代富代富。”也许是因方言中读音相近，也许真的是青菜豆腐保平安，家乡习俗里，豆腐是很重要的角色。

“豆腐‘旺子’扯几天了啊？”“做点豆腐么，图个吉利，娃儿也有个巴望，明朝泡黄豆好不？”进了腊月，我们跑来跑去看“旺子”时，父母与邻家说着话儿，筛杂质，拣沙石，淘洗后，把黄亮亮圆鼓鼓的黄豆泡进清水，团圆的祝福也被泡开来。

“旺子”其实应叫“幌子”，是用新稻草扎的圆圈。因为穷，平日里，大桥下曹家门前高高的杆子多数时候是光秃秃的，预示着当日没豆腐或是曹家不做豆腐。而进了腊月，“旺子”升到杆的顶端，圆圈上的稻草随风飞舞，如我们盼年的心情，也如消息树，告诉乡亲，做豆腐了，年来了！

娃儿早早呼朋唤友急不可耐跑去排队，曹家院子成了乐园。打闹追逐，捉迷藏，甚至忘记回家叫父母送黄豆来。也有好奇的，拉“旺子”的绳，不小心把“旺子”降下来。大人并不骂或是打娃儿，只是赶紧再扯上去。

无论怎么疯，我总不忘使命。还有两三家时，就让小弟排队，自己飞速回家。

父母得信停下手里的活儿，捞黄豆，再用清水过两遍就准备出发了。

每年这个时候，妹妹们就会泪汪汪的。平时，家里的活计她们做得多，父亲想留她们在家。我舍不得，跟父母说："我和小弟推不动石磨呢。"来不及等父亲回"嗯"，妹妹就破涕为笑，欢天喜地地帮我抬柴火了。

我家黄豆上磨了。兄妹合力推大大的石磨。母亲随着转动的磨盘添加黄豆。父亲得空抽口旱烟，不时上些水。黄黄的豆喂进去，乳白的汁涓涓渗出来，很奇妙。

腊月天黑得早，皓月刚升起来，浆就出完了。推磨很吃力，但我们好像还没推够。

吊浆的活轮不上娃儿做。一根粗绳从屋梁垂挂下来，与两根十字型交叉的木棍相连，棍两端扎着吊布的四角。大人把豆糊糊舀进吊浆布，上下、前后、左右摇动木棍，乳白的浆哗啦啦地流入缸内，渣留在布上。

开始煮豆浆。我们涌偎到母亲身边，拉风箱，添柴火，看灶膛里欢快跳跃的火苗，听柴火的噼啪声。温暖中，弟妹甜甜地睡了。大锅里，豆浆翻滚，雾气缭绕，豆香四溢。父亲盯着锅，叮嘱："别潽出来啊。"豆浆开始上升，父亲便大叫："透了，透了！"这一叫弟妹便睡眼惺忪醒来。母亲舀一小碗浆，我们你一口我一口地喝，口齿生香。我们就尝着过年的味道了。

"卤多，豆腐硬。少了，不收浆。"曹家的当家人神秘地给各家做的豆腐"点卤"。用小碗舀出卤来，倒到浆中，缓缓搅动。瞬间，浆变成散开的豆花，如飘起的朵朵白云。

"好了，进箱！"曹家人吼一声，抖开麻布，铺上，放上豆腐箱模，麻利地一瓢瓢舀点了卤的浆，装进方方正正的模箱里，如同装进端端正正的祝福一样庄重。

刚出锅的豆腐，柔柔嫩嫩，水汪汪，颤巍巍，热乎乎，撩得孩子们的心怦怦跳，个个馋涎欲滴。父母知道我们的心思，拿些碎了的热豆腐给我们解解馋。

夜深了,豆腐挨挨挤挤漂到水桶里,煞是好看。父亲挑着,全家人紧跟着回家。银白的月色中,树枝、草垛、草房上染着层层银霜。我们看着冒着热气香气的水桶,过年的幸福一点点升腾,充溢心中。回头望望月色中悬着的"旺子",心中还是有许多的不舍。

物资匮乏的年代,迎风飞舞的"旺子"给农家贫穷的生活增添了一份喜悦、一份美好的期待。凡俗生活的温暖,特别是乡亲从容的心态,早已融入我的血脉。

如今,富足的村里人,都是去店里买豆腐。与豆腐"旺子"有关的点点细节,我只能在文字里纠缠,思念。我常想,如若把散发清香的豆腐制作过程当作文化遗产保护,让"旺子"再在空中飞舞起来,无论是对我们,还是对我们的孩子,过年,也许就会更真实亲近些。年,也会过得更有滋有味。

秋叶是那冬日的暖

“常恐秋节至，焜黄华叶衰。”“金井梧桐秋叶黄，珠帘不卷夜来霜。”秋风扫落叶。叶在风的抚慰下，无声地飘落着。淡淡的愁绪便萦绕在诗人身边，凄恸着孤苦的心房而发出自古逢秋悲寂寥的慨叹与感伤。

而我，却总是早早地盼着秋来，盼着一片一片黄叶飘落。

不是因为，天高云淡，金秋送爽。不是因为满目金黄，满眼成熟。更不是因为，硕果累累，能吃饱满的花生，香甜无比的烤山芋。也不是因为，儿时盼个好收成，采摘了新的洁白的棉絮又能添件好衣裳。而是因为，寒风吹落的枯叶里藏着我一冬的暖。

儿时，家中缺柴火。院子里堆着的麦秆、稻草、棉花秆就是不够烧。麦秸和稻草是软草，放到灶膛里呼一声，火苗蹿得老高，却霎时便落下去，熬不住火，就被称为软草。看着有一堆，几日下来就烧没了。棉花秆经熬，是柴中柴，叫硬草，大都留待过年时蒸团蒸糕。

于是，那个时代的秋季，积柴火过冬就成了所有孩子最最重要的，也是最能帮父母做的事了。

贫穷的日子树叶也很少落下。在夏天，树叶除了用于积肥，还用于给猪啊羊儿的作饲料。在别的孩子还在仰望树枝，盼着落叶多多时，我却发现了一片宝地。

秋季来临，一场狂风刮过，棉叶似飞累的蝴蝶，带着生命的余晖，灿烂着、鲜艳着，被风从秆上吹下，跑到地面上歇息。我低下头放眼望，棉田里满地都是展翅的蝶。风儿再一吹，这些蝶就翻着筋斗躲藏到墒沟里。

放学回家，我带着弟妹背上竹篮、草篓，带上竹耙，一头钻进棉花田。棉花、棉花秆是不敢碰的，那是集体的。只有枯黄了的棉叶可以拿。

我和大妹在墒沟里匍匐前行，用竹耙子或是手在墒沟里掏落下的棉叶，积成一堆。小弟小妹在后面跟着抓，放到竹篮、草篓里。寥寥星辰出现在天空，才能满一篮一篓。我们累得腰、腿、手酸痛不说，有时在一堆枯叶中会突现一条蛇来。但我们常常感觉前面可能会有更多的枯叶，而忘了酸痛，忘了时间，忘了蛇的可怕。月上中天，我们才会挑的挑，抬的抬，仿佛从战场凯旋的勇士。尽管我们细胳膊细腿，颤颤巍巍。

我们常常为一篮枯叶兴奋不已。即使有一次我们兄妹在棉田里走散，各自在距离很远的墒沟搙枯棉叶。等母亲在黑暗中把我们找齐时，才发现我们钻进了被棉花秆掩盖着的很大的坟地。回家后，弟妹害怕得直抖。但第二天我们又去了，因为别人不敢去，那儿的枯叶多。

每年秋天，枯叶被我们带回家，而后在满世界都铺陈阳光的日子满院摊晒，美丽的枯叶被阳光慢慢地汲干了水分，我们再珍藏好。直到数九寒冬，才送进灶膛。看枯叶翻飞，享受焰红的火焰的温暖，全家也有了寒冬腊月里的热汤热水。

秋来了，我常常在有落叶的地方流连忘返。树叶慢慢地变黄，层层落叶纷纷而下，随风飞舞，绚丽而壮观。有一片砸到头上，就像久别的老友相遇，我会心一笑。我似乎听到落叶真实的声音：秋叶是那冬日的暖。

走不出“北湾子”的脚

“你嫂做的鞋收到没?”母亲笑颤颤地打电话问我。

“合脚不? 不要嫌不好啊!”我还未应答,咯咯的笑声传来,是英嫂在母亲旁边,跟我开起玩笑。

我乐了,告诉母亲说:“鞋穿三天了,合脚,帮我谢谢嫂子。”

“都穿三天了,鞋子合脚得很,他在笑呢,让我谢谢你,说你做双鞋子不容易,费心了。”电话那头,母亲像现场直播,那饱含感情的解说恐怕著名主持人也难做到。

“城里人穿皮鞋,不嫌弃布鞋就好噢。”

“我伲没得好手艺,自己瞎挖(钉),我鞋底才钉一半,婶子懒啊。”

说话声、笑声不断传来,就像与我当面对话一样。

“这会儿家里人多啊? 哪个又给我做鞋?”我问母亲。

“你大大(方言伯伯)、伢伢(叔叔)、哥嫂天天来陪我说话。”母亲自顾自说着,“朱婶帮你钉鞋底,可听到拉鞋绳的声音?”

正准备回话,又听到父亲大着嗓门,带着自豪的声音:“布鞋有得你穿,好好工作,有时间把帮你做鞋的人都写到文章里去啊!”

满屋子的笑声转成电波,越过我的老家“北湾子”,越过田野,越过树林,越过河流,越过高楼,进入我的屋子,进入我的耳鼓,进入我的心房。让我想起“北湾子”那些经历过很多风雨、爬满老茧、粗糙厚实,承载我的世界、温暖我双脚的手。

“百页底”层层叠叠，针脚密密麻麻，低头看新上脚的步鞋，我心里翻江倒海。

一

我老家在苏北一个叫北湾子的小村庄。二十世纪六十年代，娃儿很少有双新鞋穿，拥有新鞋是我最大的奢望，如果过年穿上新布鞋，更会让我挺胸阔步，炫耀一番。

每年麦子种下后，母亲便开始拾掇破布，洗净晒干升火熬糊，蘸涮捋贴补拼，将碎布浆牢在门板上。母亲把这叫作糊“浆子”。

“浆子”糊好后，母亲就把门板上上，让阳光晒着。干了后起下，剪裁成帮子和底，理些许布片，便开始钉鞋底。

做鞋是烦琐的，钉鞋底最费工夫。油灯微弱的亮光下，母亲左手握底，右手捏针，先在头发间摩擦一下，挖顶拉绷，鞋绳“哧——哧——”穿过鞋底，声音悦耳动听。一旁或搓草绳或拾掇泥篓之类农具的父亲，常打瞌睡。母亲便会轻轻地哼上《拔根芦柴花》《茉莉花》等家乡小调。有时我半夜醒来，母亲仍在那儿一针一线地钉着。

儿时，我只知道摇曳的灯光下，母亲把鞋绳扯得很紧，牢牢地、细细地把所有关爱纳进鞋底是最温馨的情景，布鞋是天底下最美、最暖、最好的鞋。

二

我以优异的成绩考上城里县中，北湾子轰动了。穷家出了个“状元”，乡亲们轮流请我去当座上宾，凑钱请来电影队放电影祝贺。北湾子为我兴奋了好久。

可是，当我背着行李、拿着录取通知书来到学校后，自卑感突然间强烈地在心里泛起。一副黝黑的脸庞，一口土话，一身打着补丁的衣裳，更有那双特别惹眼的黑面白底的布鞋。

更让我抬不起头来的是，我从没学过英语，却要从高中英语学起。我也没有城里学生那么多兴趣爱好，不懂得同学天南海北话题的内容。还有，我发觉同学脚上都是皮鞋或是各式运动鞋。每天早操跑步，我总感觉别人身轻如燕，而我则双腿灌铅。星期天上街，同学穿着油光闪亮的皮鞋鼓腹扬首，而我总垂头丧气。落雨落雪天，同学穿着皮鞋、运动鞋自如地出入教室、食堂、宿舍，而我，只能揣着卑微的心走在同学后面，脱下布鞋，冲到目的地再擦干脚套上布鞋。

高二那年冬天，母亲让父亲送双新的棉布鞋给我。父亲在教学楼下举着那双黑白分明的布鞋叫我乳名时，同学们跟着大呼小叫。他高高举起的布鞋简直就是种羞耻，我无地自容，冲下楼把父亲拉进宿舍。

从此父母他们都没再来过学校。至今，我想起来就后悔难过，我不知道那一刻对父母的自尊有多大的伤害。

那时候，我讨厌这标志着我从北湾子走出来的丑陋的黑白分明的布鞋！

那时，高考决定穿草鞋还是穿皮鞋是很流行的说法。我拼命地学习，不分昼夜地学习，就盼着能早日甩掉丢尽脸面的布鞋，穿上皮鞋。

终于，我考上大学，跳出“农门”。

然而，走下头一次坐的汽车，踏进繁华都市时，我仿佛被空投到异地一样。宽阔的马路、高高的楼房、穿梭的人流让我迷茫，更感觉到自己的渺小。

大学生活就这样开始了。没上过冲水的厕所，不会穿西装打领带，不知道皮鞋要擦油，不知小卖部柜台上卖的是面包……生活里的小事点点滴滴不断打击着我的自尊。

我常低头看脚上土不拉叽的布鞋，强烈的自卑让我整天泡在图书馆看书，把对布鞋的怨恨宣泄在纸上，发誓一定要雄赳赳气昂昂地穿上皮鞋。

为了买双皮鞋，我打扫厕所、食堂，去图书馆整理资料，贩运动服在校园里卖，用忙碌的勤工俭学来填补心中的压抑、恐慌、烦闷，也以此逃脱给家里写信。我害怕从北湾子发出的信，我害怕人家知道我从北湾子来。

大二上学期，我用挣来的钱买了平生第一双皮鞋，兴奋地把校园走了个遍，仿佛要告诉全世界，我已不是从北湾子出来的农村娃，我的脚步走进城市了！

三

告别了布鞋后，满怀理想与激情，我的双脚在各式各样的鞋子中进进出出。

我甚至想要父母也变成城里人的样子。买了皮鞋寄去，表面算是尽份孝心，私心里却想，父母到城里来，把布鞋换成皮鞋就好了，免得别人看不起。

但是，父母总是说："别糟蹋钱，北湾子的路颠颠簸簸的，我们的脚不能穿皮鞋。"父亲有次来城里，我逼他穿皮鞋，他还指责我："一年土，二年洋，三年不认爹和娘！"

我步履交错，忽高忽低，忽远忽近，用锃亮的皮鞋敲击城市的钢筋水泥。母亲还是一如既往地给我做鞋，她也许知道，也许不知道：我总是不屑地把她做的布鞋扔到一旁。

我的双脚穿着皮鞋渐行渐远，年轻的双脚已很少回到北湾子了。

可是，也许我的双脚流淌着的是北湾子的血，并不适应皮鞋。一个个水泡在脚心起了又破，脚面上感染好了又来，试过好多药都不见效，崭新的皮鞋闷、热、湿，如牢狱般，让我的脚没一点自由。“笃笃笃”的响声，震痛双脚，敲在敏感的心上，但我还是不愿舍弃承载着尊严、满足虚荣的皮鞋，即使脚步走起来越来越沉重。

我三十岁那年的春节，除夕夜，母亲看到我的双脚上厚厚的痂皮，心疼地拿出双新布鞋：“穿上吧，布鞋软熟，透气，暖脚。”

父亲见我将信将疑，说：“你妈知道你从小皮肤敏感，晓得你不愿穿，每年还要给你做鞋。现在眼睛不好使，一双鞋子不晓得要戳破多少次手。”

突然间，我的大脑一阵轰响，眼泪哗啦流了出来。泪水朦胧中，又依稀看到母亲被针扎了从不喊疼，汗水浸满额头也顾不上擦，在昏黄的灯光下穿针引线。虚荣竟已使我远离了在北湾子劳作的父母！多久了，我已体会不到布鞋里满含着的疼爱了！

再次穿上布鞋子，我嗅到了北湾子带着泥味的轻风的味道。

四

毕业后我被分配到国营厂搞机械设计，四年后，没背景的我被精减。带着委屈沮丧，我回到北湾子，过着无所事事的日子。

北湾子的乡亲有的送自己舍不得吃的饺子，有的丢下活计来劝我：“你总比斗大字不识的好，休整休整再找出路。”彼时，外出打工讨要工资的事儿多了起来。乡亲们说，北湾子有个懂法的就不会再被人欺侮了，你学法吧。

黑暗中，乡亲给了我光亮。两年后，我学完了法律本科课程并考入法院。北湾子再次因我欢欣鼓舞。

再次回城工作，我拿出在箱底压了很久的布鞋，就再也脱不下了。

回到北湾子的日子让我懂得，生活的面貌原是朴实无华的，脚踩在坚实的土地上才能走得高走得远。穿上母亲一样朴素的布鞋，才能穿越混浊庸俗，穿越虚伪名利，大踏步向前抵达澄明平静的世界。过去我是在用皮鞋来掩饰自卑啊。

我把自信传递给了布鞋，布鞋虽土却变得不容小觑起来。

十多年过去了，因工作需要我也早离开了法院。业余时间，我竭尽全力为北湾子做点力所能及的事。杨哥几个去做海员，大火造成大面积烫伤。我找证据，仲裁、诉讼三年才帮他们各讨得四万赔偿款；蒋姐丈夫进城卖蔬菜出了车祸，她没了主张，我一步步指导她依法维权，终于讨回赔偿款，孩子上学有了着落，她的精神也得到些许安慰；英嫂的孩子大学毕业找不到工作，我帮她复习训练，终于凭实力成为公务员……

厚道的乡亲，习惯了不欠人情。别人帮件小事，他们都想表表情意，这恰恰成为我父母的心事，唯恐我守不住本分。母亲多次敲我耳边鼓："要记得你是北湾子出去的，脚不要浮，啥也不能收的！"父母也常黑着脸跟乡亲急："你们不要害我娃儿啊！"

父亲七十大寿那天，与母亲闲聊，我说："不穿皮鞋，一年要穿坏两三双布鞋。"

母亲说："我时间也不多了，眼睛也瞎了，以后没人给你做鞋子了。"

母亲说得那样从容、平静，如一汪静水，连轻轻涟漪都不曾泛起。但一股薄凉的气流却从我的脚呼啸到头顶，泪在眼眶里打起转来：母亲的视力越来越差，不开口说话，我走到面前她都不知道。我的母亲老了啊！曾经给予我无限温暖的手，再也拿不起来小小的银针缝双温暖的布鞋，来焐热我在城市里的孤寂与寒冷。

在北湾子，喊着大大、伢伢、哥哥、嫂子的其实并没有血缘关系，以辈分称呼是传统的规矩。一旁的他们却安慰母亲，齐声说："你还有得过呢，眼睛瞎了，鞋子我们做么，穿乡下的布鞋，说明还不曾忘掉北湾子的，值得帮他做鞋。”

这次，父亲母亲都没有拦，他们默许了乡亲给我做布鞋送布鞋。

从那时起，每年都有崭新的布鞋带着北湾子的体温和无限的慈爱来到我身边。一双双布鞋，采摘无数夜晚的灯光和眼神，把粗犷朴实的村风传给我的双脚，让我踏实地踩在厚重的泥土上，给我灵智的悟性，坚韧不拔的性格，支撑艰难的底气，宽阔的胸襟。一双双布鞋，让我把城市的喧嚣踏在脚下，就像棵干枯的树，从根上传来滋润，只是瞬间，便青翠欲滴枝繁叶茂。

我的北湾子像条小船泊在河边，更像我脚上的布鞋，默默地厚实地泊于我心。每次接到来自北湾子的布鞋，看那密密麻麻的针孔，像一双双热切的眼睛盯着我，仿佛在说：你是从这块热土上走出去的，无论身在何处，永远都是北湾子的孩子。穿上北湾子的布鞋，就要把人生的每一步都迈得更稳当、更坚实。

我的脚是真的离不开这世俗的，土得不能再土的布鞋了。我的心永远也不能，也走不出北湾子这个小小的世界了。